Bernd Hensel

Der alte Rebell von gestern

FSC
www.fsc.org
MIX
Papier aus ver-
antwortungsvollen
Quellen
Paper from
responsible sources
FSC® C105338

Herstellung und Verlag:
Books on Demand GmbH,
Norderstedt 2012
ISBN 9783848232345

Bernd Hensel, Diplom-Soziologe, Jahrgang 1961, lebt als freier Autor in Saarbrücken. Nach langen Jahren der Tätigkeit in Marketing/Vertrieb und Politik beleuchtet er heute die Gesellschaft mit mehreren Werken und hat die psychologische Trilogie „Der Straßenkämpfer", „Selbsthilfe zum Glück" und nun „Der alte Rebell von gestern" geschrieben, die Schicksale und Lösungsmöglichkeiten aufzeigen.

Inhalt

Vorwort

Rebellion kann etwas Schönes sein, aber grausam in den Nachwirkungen. So hat es der Autor erlebt als auch „der alte Rebell von gestern", der hier in Ich-Form sein Leben mit Empfindungen, Ereignissen, Psychiatrie und insgesamt 15 Jahren Unterbringung in der Forensik mit einjähriger Unterbrechung schildert.

Wer für etwas einsteht, muss Mut haben und er erlebt das Schicksal des Erfolges aber auch massigfacher Niederlage. Das Scheitern ist grausam mit Kosten, die ein normaler Bürger nur schwer nachempfinden kann.

Wir hoffen, dass das Buch diesem – dem Leser – einen Eindruck vermittelt, wie Drogen, gepaart mit Körperverletzungen eine Biografie schildern, die manchem vielleicht Angst machen, aber andererseits auch einen Einblick schaffen in eine Persönlichkeit, die hin und hergerissen von Gefühlen ist.

Bei aller schillernder Berichterstattung bestehen Verletzungen und Narben der Seele, die nur schwer heilbar sind, aber letztlich zu einem guten Ende führen. Es zeigt auch, dass man niemals einen Menschen aufgeben sollte, denn auch hier entstand erst dann ein wahrer Wandel nach der Aussichtslosigkeitserklärung.

Es zeigt auch das psychologische Stigma, dass vieles mit den Figuren Mutter und Vater zusammenhängt. Je grausamer da die Verletzungen und Schwierigkeiten, umso höher die Wahrscheinlichkeit, im Leben Schwierigkeiten zu haben und mit dem Gesetz in Konflikt zu kommen.

Die Fäuste fliegen und machen nicht mehr Halt bis zu einem Punkt, wo strengste Maßnahmen erforderlich sind, aber wer intelligent ist, kann sich auch selbst reflektieren, wie der „Rebell" es in einer 48-seitigen Biografie getan hat.

Zusätzlich wurden vom Autor Interviews gemacht, um das Bild abzurunden. Manche werden beim Lesen denken, dass es so etwas gar nicht gebe, aber alles ist ein authentischer Bericht mit Analysen, ohne Namen zu nennen.

Das Buch ist in der Form etwas außergewöhnlich geschrieben, dass eigene Biografie und Aussagen des „Rebell" sich immer mit Interpretationen des Autors abwechseln, ohne jedoch einen flüssigen Stil zu verhindern.

Die Welt ist eben voller Schatten und Sonne. Schwarz und Weiß stehen nebeneinander, um doch letztlich einen Weg in der Mitte zu finden. Es soll jedem Leser Hilfe geben, selbst aus schier auswegloser Lage Hoffnung zu schöpfen.

Enttäuschung in jungen Jahren

Mein Einfühlungsvermögen hat sich in der Vergangenheit oftmals auf meine persönlichen Gefühle beschränkt, d.h. wenn mir jemand Gefühle, Vertrauen, Liebe, Freundlichkeit, Hilfsbereitschaft, Offenheit (mir also etwas Gutes getan hat) entgegenbringt, dann habe ich auch immer versucht, demjenigen Menschen dies zurückzugeben.

Es ist das typische reaktive Muster: Wer mir hilft, dem helfe ich auch, wer etwas für mich tut, dem stehe ich auch hilfreich entgegen. Ein typisches Muster unserer Gesellschaft, wo Geben und Nehmen im Einklang stehen sollen. Idealismus und Solidarität stehen da zunächst im Hintergrund.

Dabei war es primär nicht ausschlaggebend, ob dies aus ideellen oder materiellen Zwecken geschehen ist. Das heißt, ich habe immer nur reagiert auf meine persönlichen Empfindungen. Den Anfang hierfür ist mir die letzten Jahre immer sehr schwer gefallen, da ich in jungen Jahren oft enttäuscht wurde und auch viele Fehler gemacht habe, die dieses Nehmen und Geben aus dem Gleichgewicht gebracht haben.

Das ist eben der entscheidende Punkt. Es ist nicht mehr ausgeglichen, wenn das Nehmen an erster Stelle steht. Es fehlt das Urvertrauen, ein Panzer wird errichtet, der schützt vor den erlebten Enttäuschungen. Wer gibt, muss etwas in seiner Persönlichkeit haben, das es ihm ermöglicht, helfen zu können. Das Potenzial zum homo sapiens muss vorhanden sein und das erst in ideeller Hinsicht und später im Erwachsenenalter im materiellen Bereich.

Die Schildkröte funktioniert dann, wenn mehrere Personen auf mich einschlagen. Es ist ein Kopfschutz auf dem Boden. Ein Freund wurde mit dem Messer bedroht. Ich mischte mich ein und letztlich musste ich Schläge einfangen und das Polizeirollkommando kam.

Wie später bei vielen Körperverletzungen war das Einmischen bei Ungerechtigkeit festzustellen, also doch eine soziale Komponente, eben der „Rebell" oder Robin Hood. Das Gerechte wird nach außen getragen, wenn auch Spaß an Gewalt besteht.

Innerlich spielte sich bei mir aber folgendes ab: Ich habe nie gelernt, mit Enttäuschungen umzugehen.

Die Frustrationstoleranz ist zu gering, das Häutchen zu dünn. Es wird ein Panzer aufgebaut, der eigentlich nur mit Drogen funktioniert und eine andere Persönlichkeit hervorruft, die im wahren Leben nicht funktionieren kann.

Ich musste viel in meinem Leben einstecken, habe aber auch viel ausgeteilt. Es war oft eben die soziale Komponente des Einmischens für andere vorhanden, jedoch im Grunde in Fällen, wo es einem nichts angeht. Früher war ich mit 80 kg bei 1,81 m voll durchtrainiert, heute habe ich 150 kg und werfe einen respektvollen Schatten.

Das Prestige des Rebellen kann sich somit aufbauen, der als Freiheitskämpfer die Gerechtigkeit selbst in die Hand nimmt und somit Prestige aufbaut. Nur wer Liebe in Kindheit und Jugend erfährt, kann diese auch später geben. Aber es gibt unterschiedliche Formen, Zuneigung zu zeigen.

Enttäuschungen habe ich besonders mit Frauen erlebt und immer wieder mit dem Leistungsdruck im Berufsleben, was zu einem häufigen Wechseln in beiden Bereichen führte.

Aber man muss auch konstatieren, dass sich die Empathielosigkeit entwickelt hat und Drogen gerade nicht hilfreich sind, echte soziale Beziehungen, eben nahe aufzubauen. Aggressionen sind oft die Folge und ein Scheitern im existentiellen Anforderungsprofil.

Empathie

Empathie bedeutet Einfühlungsvermögen, das von Gutachtern und behandelndem Personal sehr stark moniert wurde. Es war die Schranke, die Forensik lebend zu verlassen und ein freies Leben führen zu dürfen.

Ich möchte hiermit mitteilen, dass ich sehr wohl in der Lage bin, mich in andere Menschen hineinzufühlen. Mir ist sehr wohl klar, dass Menschen Bedürfnisse haben und jeder Mensch Gefühle hat, genauso wie ich sie habe. Damit habe ich mich Monate auseinandergesetzt.

Ein innerer Hilferuf, der Anklang fand, wenn die Pistole auf die Brust gesetzt wird. Ein soziales Wesen kann nur in der Gesellschaft leben, wenn einmal die Diagnose „Gefährdung für die Allgemeinheit" gestellt wurde. Auf andere zugehen und gewaltfrei leben, das wäre der Schlüssel zum Glück.

Menschen, die mir das Vermögen, Geben und Nehmen in Gleichgewicht zu bringen, und ihre Eigenschaften vermitteln, denen trete ich auch bedingungslos so entgegen. Ich habe halt Probleme, auch Menschen, die mir dieses Vermögen und Verständnis nicht entgegenbringen, dieses rüberzubringen oder gar auf meiner Initiative mir das zu verdienen.

Es muss also quasi eine Vorleistung von den Mitmenschen erbracht werden. Aber das ist bei genauerem Hinschauen nicht immer wahr. Im materiellen Bereich funktioniert auf jeden Fall das Geben und Nehmen.

Aber im Klartext heißt das, jemand, der sich nicht in mich einfühlen kann, bei demjenigen versuche ich es auch nicht.

Kein gutes Omen, wenn man nur nach Vorleistungen lebt.

Trotzdem arbeite ich daran, dieses zu ändern und mich auch bei den Menschen, die mir im ersten Moment als gefühlsarm oder egal aus welchem Grund (Vorurteile, Angst, Vorsicht, Charakter, Erfahrung etc.) gegenübertreten, mich in deren Verhalten hineinzuversetzen, um für mich zu verstehen, warum die sich so verhalten und auch genauer hinschaue, wie ich mich denen gegenüber verhalte, sondern von mir ausgehend jemand nicht gleich abstempele, sondern mich in ihn hineinfühle.

Das ist die hohe Schule des Verhaltenstrainings der empathischen Kommunikation, die jedoch in solcher Theorie in der Praxis nur schwer durchsetzbar ist. Aus der Sozialpsychologie ist bekannt, dass nicht die Einstellung das Verhalten bestimmt, sondern umgekehrt eigentlich die schnellen, oft affektiven Verhaltensweisen dann durch Meinungen gegenüber den Mitmenschen begründet werden. Die Welt ist nicht rational und schon gar nicht der Mensch. Aber soziale Regeln können erlernt werden, damit ein weitgehend soziales Miteinander stattfindet.

Ich denke, für Leute, die mich nicht näher kennen, wirke ich als trocken, gefühlsarm, unfreundlich, als jemand, dem die Gefühle anderer Menschen scheißegal sind. Mein äußeres Erscheinungsbild (ca. 140 kg Körpergewicht, Tätowierungen, Mimik, Sprache) bewirkt schon bei den meisten Menschen, dass sie auf Distanz gehen.

Wird dieser gesellschaftliche Abstand nicht gewollt? Wird die Mitgliedschaft in einer Außenseitergruppe nicht so forciert, dass deren Umgangsformen vorherrschen? Es ist ein schwerer Weg der Resozialisierung, die schon in der Pubertät unterbrochen wurde. Kontakte zu knüpfen, die ein anderes Miteinander darstellen, ist schwierig. Wie sagte einmal ein Arzt: „Das Milieu determiniert noch stärker als die genetische Disposition."

Das Wissen über mein Vorleben (Gewalt, Drogen, Vorstrafen, Psychiatrie) verstärkt diese Distanz nur, falls die Menschen das wissen. Das heißt, ohne dass ich bereits in einer Beziehung (egal ob geschäftlich, privat oder therapeutisch) zu einem Mitmenschen stehe, entsteht ein Gefühl der Ablehnung, einer Vorverurteilung, zu der ich aber auch maßgeblichen Anteil habe.

Es ist die typische Etikettierung von denen, die sich normal fühlen und denen, die das Spießrutenlaufen empfinden. Psychisch krank ist schon schlimm, aber dann noch Straftäter. Da bleibt eben nur der eigene Kreis, in dem man Anerkennung finden kann. Die Tür zum goldenen Schloss ist verriegelt.

Die Leute fühlen sich nicht wohl in ihrer Haut und besitzen auch gar nicht die Absicht, sich in mich reinzufühlen oder mir als ganz normalen Menschen gegenüberzutreten. Es gibt auch Ausnahmen, aber die haben meist einen zweckorientierten Hintergrund.

Dann ist man Mittel zum Zweck und meist im kriminellen Milieu. Dort kennt man sich aus, dort wird man auch benutzt. Die Instrumentalisierung kennt auch jeder, der für Ideale eintritt, also rebelliert, ohne eigenen Nutzen. Schön die Siege, aber noch grausamer die Niederlagen, wenn man Wochen oder Monate ausfällt und seine Wunden lecken kann.

Für die Leute, die mich näher kennen, kommt das nicht so rüber. Ich denke, dass ich in vielen langjährigen, freundschaftlichen Verhältnissen stecke und in denen ich als vertraulich, einfühlsam, zuverlässig und warmherzig wirke. Viele dieser Leute loben mich als guten Zuhörer und auch als sehr charakterstark. Zu Beginn einer Beziehung bin ich in der Regel sehr schüchtern und misstrauisch, was sich aber später meistens legt.

Eigentlich vollkommen normale Verhaltensweisen, vom defensiven zur offensiven Kommunikation. Aber das ist der eigene Kreis und immer behaftet von einer guten Portion Ferne. Kühl und distanziert, was noch durch langen Aufenthalt in der Forensik verstärkt wird.

11

Das heißt, es ist für andere Menschen äußerst schwierig, mich näher kennenzulernen oder auch meine Gefühlswelt zu erfahren. Ich denke auch, ich muss da nicht jeden dranlassen und jemand, der mich nicht richtig kennt oder sich in mich einfühlen kann, der kann mich auch nicht enttäuschen.

Und da sind wir wieder beim Urvertrauen, das zu wenig gelegt. Immer muss das Gegenüber Vorleistungen erbringen, um einen wahren zwischenmenschlichen Austausch herzustellen. Es gilt auch in der Gesellschaft das physikalische Gesetz, dass ohne Input kein Output entsteht. Wenn man Gefühle will, muss man auch welche geben.

Ich möchte auch vermeiden, dass ich Gefahr laufe, mich zu verlieben, denn das wäre unter den zur Zeit gegebenen Umständen und auch aus meiner Erfahrung heraus bestimmt nicht förderlich. Ich will noch anmerken, dass ich eigentlich sehr feinfühlig bin und genau registriere, ob es jemand ehrlich meint oder nicht.

Ein verliebter Zustand ist ein kranker Zustand. Man tut vieles, was man sonst lassen würde. Die Stimmung ist gehoben, die Welt rosarot. Aber es kann etwas Tolles entstehen und die Zeichen standen später wieder auf Partnerschaft. Aber gerade Frauen können sensible Menschen, die nur einen mürben Panzer tragen, verletzen. Die Frau muss die feinen Antennen des psychisch Kranken selbst haben und sie beim Gegenüber erkennen.

Ein wichtiger Teil, der in der Forensik behandelt wird, ist die Opferempathie, obwohl die Patienten schuldunfähig geschrieben sind. Es ist ein Widerspruch, der sich auch in den Aussagen des „Rebell" zeigt.

Opferempathie heißt für mich, mich in die Gefühle, Verletzungen, ihren seelischen Schmerz, ihr Leiden, von meinen Opfern hineinzuversetzen. Dazu hilft es mir vielleicht, wenn ich die Rolle der Personen versuche einzunehmen, um dabei besser zu verstehen, was ich durch mein Handeln angerichtet habe und um zu verstehen, dass mein Handeln falsch war und dies in weiterer Zukunft nicht mehr geschieht.

Dies ist natürlich idealtypisch und fast den Therapeuten nachgesprochen. Es ist schier unmöglich, eine Handlung emotional nachzuvollziehen, die im Affekt mit Drogen durchgeführt wurde. Es soll nichts rechtfertigen, aber auch nichts in das Kalkül einer Steuerhinterziehung schieben.

Bezug kann genommen werden auf die drei gefährlichen Körperverletzungen an meinem Vater (1993), an dem Polizeibeamten (1994) und der Kneipenbedienung (2001). Die räuberische Erpressung an meiner Mutter (1994) habe ich nie begangen und deshalb kann ich mich auch nicht in die Opferrolle hineinversetzen. Ich möchte hiermit noch bemerken, dass auch ich mich hier teilweise in einer Opferrolle sehe, das soll aber keine Entschuldigung für meine Taten sein.

Hier erkennt man das zweischneidige Schwert der Opferempathie im Maßregelvollzug. Opfer und Täter werden vermischt. Schuld und Unschuld sind austauschbar. Noch deutlicher wird dies, wenn weiter unten die Straftaten detailliert geschildert werden.

Geben weniger als Nehmen: ein dissozialer Narzissmus, der diagnostiziert ist und sich durch das Leben zieht, auch wenn sich in den letzten Jahren sich dieses Verhältnis verbesserte.

Auch materielle Geschenke sind emotional. Ich bin nicht ein Krimineller, kein Diebstahl oder Raub. Auch der Drogendeal war nicht so gravierend und ich habe mich immer für eine Legalisierung von Cannabis eingesetzt.

Hier zeigt sich das Verschieben von Recht und Unrecht. Der eigene Vorteil soll im Vordergrund stehen und Straftaten werden verbogen. Jemandem körperlichen Schmerz zuzufügen wird als weniger schlimm als Geldbetrug gesehen. Letztlich entscheidet aber der Richter und auch die Gesellschaft. Die Ich-Bezogenheit zeigt sich deutlich, wenn die Welt zu eigenen Gunsten umgestaltet wird. In jedem Narzissmus ist ein diktatorisches Element.

Ich habe den rebellischen Kampf aufgegeben, wobei der in der Jugend unter Eigennutz stand und später Ideale wie Cannabislegalisierung oder Kampf gegen Psychiatrie hinzukommen. Ich habe eine Todesliste der Ärzte aufgestellt, die mich behandelten und drangsalierten. Es war psychopathisch, denn ich dachte, sie wollten mich mit 18 Jahren wegschaffen.

Aber die Ärzte haben einen Eid geschworen und greifen dann in der Psychiatrie ein, wenn eine Eigen- oder Fremdgefährdung besteht. Dass dies so vehement mit wochenlanger Fixierung durchgeführt wurde, zeigt das Gewaltpotenzial und die Schwere der Krankheit und die Möglichkeiten der staatlichen Macht.

Gewalt liegt in der Natur des Menschen, aber Paranoia und Schizophrenie gehören nicht unbedingt dazu. Dass ein drogenabhängiger Leistungssportler ausflippt und das mit einem Grund bis zum Herzstillstand, muss auch behandelt werden.

Ich habe einen Hass entwickelt gegen alle Mächte, die mich quälten, ob es Polizei oder Ärzte oder Vater war. Alle wollten mir eigentlich helfen, aber standen dem Problem teilweise auch hilflos gegenüber. Die Rebellion gegen diese Autoritäten zog sich mein ganzes Leben durch. Ich erlebte und empfand Unrecht. Ohnmacht! Selbst bei einfachen Ausführungen in der Forensik wurde das SEK-Kommando gerufen, um Sicherheit zu gewährleisten.

Es ist tiefer Schmerz zu spüren. Ein Überschlagen der Stimme im Grenzfall. Eine Hilflosigkeit und letztendlich seit knapp zehn Jahren ein Unterjochen, um das das Leben wieder zu genießen. Es dauerte lange, bis sich ein Prozess einstellte, der wohlwollender Diplomatie nahe kam.

Aber bei allem Kampf blieb ein großer Bekannten- und Freundeskreis. Manche wenden sich ab, jedoch massiger Besuch am Wochenende in der Klinik. Ich bin kein Einzelgänger, sondern ein Mensch, der sich letztlich doch in der Gemeinschaft wiederfindet.

Das zeigt, dass der Mensch immer mehrdimensional zu sehen ist. Es gibt nicht nur schwarz oder weiß, gut und böse. Jeder hat Stärken und Schwächen. Selbst schillernde Persönlichkeiten im öffentlichen Leben können Skandale verursachen und jäh scheitern.

Heute ist ein Ein Jahr Probewohnen vorbei, wobei ich mehr zurückgezogen lebe. Ich pflege meine Kontakte plus Forensiker, aber Vorsicht: Sie müssen solide sein.

Ist es Angst oder vernünftiges Kalkül, das nicht mehr über die Stränge geschlagen wird? Es hat etwas von beidem. Die Realität wird mehr geplant, Erfahrungen aus früheren Fehlern werden in die Planung einbezogen. Die umnebelnden Drogen sind weg.

Fast 16 Jahre Forensik mit 100 Leuten Besuch, wobei 20 weiterhin zum engen Bekanntenkreis gehören plus enger Kontakt zur Familie, was ungewöhnlich ist. Die Beziehungen zu manchen Frauen sind abgebrochen, aber die Männerfreundschaften ersetzen dies. Regelmäßig pflege ich auch Brieffreundschaften zu Insassen des Gefängnisses. Der Skatclub hat Bestand.

Es zeigt die Gegenseitigkeit der Hilfe in schweren Zeiten. Das ist auch eine wahre Form der Empathie. Wir lassen keinen hängen, wie es in der Bronx heißt. Wir gehen durch Dick und Dünn, wie Motorradclubs ihre Struktur aufbauen.

Seit einem Jahr habe ich auch wieder eine neue Liebe gefunden: eine ehemalige Mitpatientin, die beim Ausgang zu ihrem Freund den volltrunken im Bett fand, nachdem sie durch die Polizei die Tür öffnen ließ. Er war nasser Alkoholiker und ich tröstete sie. Es entstand etwas, ich löste die Beziehung zu meiner Ex und wir fanden zusammen. Sie ist selbst alkohol- und medikamentenabhängig und hat eine Psychose. Aber sie hat ihre Probleme im Griff.

15

So entstand außerhalb der Forensik eine neue Welt, die sich normalisiert. Von Empathielosigkeit hin zu zwischenmenschlichem Füreinander mit Abgrenzung zu einer Sphäre, die schädlich sein kann, was wahre Werte hervorrufen kann, die auch normale Mitglieder der Gesellschaft beeindrucken kann.

Kampf gegen Unrecht

Ich bekam starke Medikamente, war fixiert über mehrere Wochen, pisste und schiss ins Bett, bekam einen Blasenkatheter, bekam Infusionen mit Arznei in die Hand, ich riss mir bei jeder Gelegenheit die Infusionen raus, meine Arme, Finger, Kopf schwillten extrem an.

Es ist die typische Situation eines Patienten, der ärztliches Unrecht empfindet. Es ist eine machtlose Unterwerfung. Das Schicksal hat zugeschlagen. Keiner denkt an das Zuvor, das eigene Unrecht oder die Notwendigkeit der Maßnahme.

Ich verweigerte jegliche Nahrungsaufnahme, nahm ab (10 kg), ein Freund von mir, der mich besuchte, brach in Tränen aus und schlug einen Pfleger.

Außenstehende können das Leid mitunter überhaupt nicht verstehen und solidarisieren sich. Gewalt, wenn auch ärztliche, wird nicht verstanden und mit Gegenmaßnahmen geahndet.

Nur meine Eltern durften mich besuchen, jedoch wenn ich meinen Vater sah, steigerte sich mein Hass und meine Aggression in mir. Er weinte sehr oft, wenn er mich da liegen sah.

Bei dem einen geht es nach innen, bei dem anderen nach außen. Es kommt Mitleid und Wut hoch. Aber alle fühlen die Ohnmacht, die zu späterem Kampf gegen Unrecht führt. Wenn auch der Vater nicht mehr in der Lage weg, den Sohn zu führen, so konnte er dessen Hass aufnehmen und mit Hilfe der Mutter auffangen.

Mein Zimmernachbar hatte sich mit Benzin übergossen und angezündet, er wurde, nachdem er in der Brandklinik war, bei mir aufs Zimmer gelegt, er hatte 80 % seiner Haut verbrannt. Ich bekomme heute noch, 15 ½ Jahre später, Alpträume, in denen ich den verbrannten Geruch von Menschenfleisch wahrnehme.

17

Schreckliche Schicksale spielen sich in der Psychiatrie ab. Der Tod hängt immer über dem Türrahmen. Nicht immer kommt er nur vom Patienten als Suizid selbst, auch oft spielt die Polizei eine gewichtige Rolle. Zwang zum Gesundwerden? Auch wenn es oft nur wenige Wochen sind, die man in der Psychiatrie verbringt, so bleiben sie mit ihren Ereignissen ewig im Gedächtnis. Es ist wie ein schlechtes Selbsterfahrungsseminar, das das Leben spiegelt.

Mein Zustand verschlechterte sich von Tag zu Tag, ich bekam einen Herzkatheter gelegt mit Medikamenten drinnen, wurde künstlich ernährt, weiterhin fixiert und man schloss mich an Geräte an, die Puls, Blutdruck etc. überwachten.

Es ist hier das komplette Programm geschildert, das einem Menschen angetan werden kann. Die Hilflosigkeit schreit zum Himmel. Alle sind fassungslos und Ärzte wie Pfleger teilnahmslos. Der psychisch Kranke zählt nicht viel.

Ich hatte mich aufgegeben, wollte und konnte es nicht mehr ertragen, dieses Gefühl hilflos zu sein und zu leiden. Meine Gedanken kreisten um mich und verstärkten immer mehr den Wunsch zu sterben.

Wie kann ich dem Zustand nur ein Ende bereiten? Häufiges Denken von Depressiven, die eben auch dieses Kreisdenken verfolgt. Aber hier wird gefesselt und gespritzt, eine andere Liga, die einen Menschen zermürbt und bricht.

Mein Herz zerbrach in meiner Brust, der Blutdruck stieg auf 260/160 an, ein Signal hinter mir in dem Überwachungsgerät hörte nicht mehr auf zu piepsen. Ich bekam noch mit, wie mehrere Pfleger bei mir im Zimmer waren und eine Ärztin, mich sofort auf Intensivstation in ein anderes Krankenhaus überwiesen. Danach verlor ich das Bewusstsein und bekam weder Transport noch spätere Behandlung mit Elektroschockern mit.

Eigentlich der Exitus oder die Rettung davor? Das Gehirn zu torpedieren ist die letzte Möglichkeit und doch so gefährlich, wie überhaupt diese Einrichtungen. Man glaubt fast, die Wissenschaft stehe noch am Anfang oder sind es die Menschen, die daran arbeiten. Dann braucht man sich nicht zu wundern, wenn jemand eine Racheliste aufstellt. In den 70er Jahren sprach man mal von der menschlichen Psychiatrie.

Das einzigste, was mir von den Stunden in Erinnerung geblieben ist, war, dass ich mich aus einem anderen Zimmerwinkel auf dem Bett liegen sah, wie Ärzte und Schwestern mit Elektroschockern mich umringten und damit anscheinend das Leben gerettet haben.

„Einer flog übers Kuckucksnest": Aber hier geht es gut mit dem Helden aus. Jedoch bleiben die Maßnahmen mit zweischneidigem Schwert und gefährlich. Die letzte Lösung, die auch oft mit guten Gesprächen aufgelöst werden können. Doch dazu fehlt fast immer die Zeit und Ausbildung.

Ich denke, ich hatte eben die Schwelle des Todes überschritten und sah genau dieses Bild Jahre später in einem Buch der Krishna-Jünger über Erklärungen zu den heiligen Schriften der Baghavad-gita. Dieses Bild beschrieb, dass diese Erfahrung keineswegs eine Einbildung war, sondern dass bereits viele Menschen über solche Erlebnisse berichteten und dieses Erleben während des Todeskampfes nachträglich, als sie wieder bei Bewusstsein waren, schilderten.

Wer dem Tod in die Augen gesehen hat, kann frei leben. Ein Aphorismus, den viele verstehen, die schon einmal den Todeskampf erlebten. Probleme werden über Jahre geringer, die Lebensintensität steigt. Aber man muss das Leid verarbeiten, denn oft besteht die Schuld bei anderen. Zum Leben gehört auch verzeihen. Das Unrecht bleibt immer auf der Welt, egal in welchem Land, es kommt nur darauf an, wie man es verarbeitet.

Meine Eltern waren völlig geschockt, als sie in grünen Kitteln später im Zimmer auf der Intensivstation auf mich starrten und weinten. Meinen Vater hat es so beeindruckt, dass er seit diesem Tag keinen Fuß mehr in die Psychiatrie gesetzt hat, um mich zu besuchen.

Es ist schon schwer, den Sohn so leiden zu sehen. Nicht nur für Eltern, sondern auch Freunde, Bekannte und Partner. Es kommt nicht nur beim Betroffenen Wut hoch, sondern auch im Umfeld. Die Trauer schürt sich danach hoch.

Nach einigen Tagen war ich wieder in der Lage zu sprechen und eine Ordensschwester half mir dabei, eine Suppe eigenhändig zu essen. Es ging mir nach und nach besser, ich fing wieder an, Lebensmut zu bekommen und etwa nach einer Woche verlegte man mich wieder zurück in das spezialisierte psychiatrische Krankenhaus.

Da kommt doch Hilfe von einem Hüter Gottes. Das spielt gerade im Todeskampf eine wichtige Rolle. Durch die eigene Ideologie kann man wieder Mut fassen und der „Rebell" war immer religiös, auch wenn er nicht jeden Sonntag zur Kirche ging. Auch der Gedanke, sich zu rächen, bricht nicht aus der Religion aus, denn wie oft werden andere Weltanschauungen oder Glaubensvorstellungen vom Christentum angefeindet, um sich herauszustellen.

Ich wurde sofort wieder weiter medikamentös behandelt und auch fixiert. Jedoch hatte ich nicht mehr die Kraft und die Absicht, mich so gegen die Behandlung zu stellen. Ich wurde auch danach Schritt für Schritt entfixiert und medikamentös nicht mehr so stark behandelt.

Wenn der Wille einmal gebrochen ist, lassen die Fesseln nach. Die Freiheit ruft wieder, aber an Bedingungen geknüpft. Rebellen wollen wir nicht und mit denen gehen wir hart ins Gericht. Kein Zeichen von Aggression darf in der Psychiatrie gezeigt werden. Noch schlimmer sind diese Methoden in der Forensik. Dort gilt es, aus Widerspenstigen Umgängliche zu machen. Die eigentliche Straftat spielt da eine untergeordnete Rolle.

Nach einer Phase der langsamen Verbesserung meines Zustandes kam ich nach ca. 10 Wochen auf die halboffene Station, wo ich noch eine Woche blieb und danach wieder zu meinen Eltern konnte.

Das war ein hartes Stück Arbeit. Man kann durchatmen und meistens geht man dann zuerst einmal ein Bier trinken. Der Ballast und der Geruch des Schwefels nimmt ab. Man kann wieder frei atmen und sich zu Mutters Schoss gesellen. Man hat es sich auch verdient nach der extrem langen Zeit der Ohnmacht.

Als Medikation musste ich noch 400 mg Leponex (4x100 mg) über den Tag verteilt nehmen. Es fällt mir heute noch schwer über dieses Erlebnis zu schreiben, auf jeden Fall machte ich mir so meine Gedanken darüber und war mir ziemlich sicher, dass man versucht hatte, mich umzubringen.

Die Wahrheit festzustellen, fällt schwer. Einerseits sind die Ärzte verpflichtet, Leben zu retten, haben aber auch den Auftrag durch Zwangsmaßnahmen andere zu schützen. Ob die lange Zeit der Fixierung gerechtfertigt war, bleibt dahingestellt. Sie ist wohl wirklich in der Rebellion und dem immanenten Kampf gegen Unrecht begründet.

Mein Hass, gefüllt von Rache richtet sich gegen meinen Vater, die Polizei und die Psychiatrie als Verantwortliche. So steigerte sich die Wut bis zur Körperverletzung an den Polizeibeamten später. Auf der einen Seite sage ich heute, dass es ihr Berufsrisiko ist, auf der anderen Seite sage ich, dass es auch nur Menschen sind und ich, zumindest einen Polizeibeamten, auch verletzt habe.

Wut, Ärger, Jähzorn sind die Voraussetzungen für affektive Handlungen, die dann von Ärzten behandelt werden. Man ist nicht Herr seiner Sinne. Die Emotionen spielen verrückt. Rationale Menschen können diese Veränderung nur durch Drogen erreichen.

Diese Aktion haben die beiden Beamten bis heute nicht vergessen und es sollte auch nicht das letzte Mal sein, dass mit den beiden etwas zu tun hatte. Mein Verhalten war auf jeden Fall voll daneben und nach dieser Aktion wurde ich auch zurecht in die Forensik eingewiesen.

Ein Schuldeingeständnis, das aber keine Strafminderung bedeutet, denn die Forensik gilt nicht als Bestrafung, sondern als Ort der Heilung. Dass es dort schlimmer aussieht als im Gefängnis, dass die Zwangsmaßnahmen noch härter sind, bedenkt von der Obrigkeit, wie sie sich gerne nennen lassen, keiner.

Ich sah zum ersten Mal, was ich anrichten kann, wenn ich wütend werde und die Kontrolle über mich verliere. Der Vorfall mit meinem Vater war eher emotionaler Art, aber dieser war nur noch destruktiv.

Die Spannung lädt sich beim Leser auf, wenn die Körperverletzungen geschildert werden. Aber skurril bleibt das Verschwimmen von Opfer und Täter, die Sichtweise bleibt eben subjektiv, auch wenn der Richter versucht, objektiv zu urteilen.

Ich war zu dieser Zeit so voller Hass und dermaßen steuerungsunfähig, dass mir nur eine intensive, längere Therapie helfen konnte. Diese Einsicht hatte ich zu dieser Zeit nicht gehabt, ich sah mich als Opfer der Gesellschaft.

Da hatten die Verantwortlichen wirklich mit 18 Jahren an einem jungen Mann etwas verbockt, was lange nachhing und Grundpfeiler für die weitere Entwicklung war. Er dachte eben, sein Leben werde verfolgt, es entstehen immens vernichtende Gefühle.

Teilweise war ich ja auch Opfer, aber durch mein Verhalten und Uneinsichtigkeit habe ich mich zum Täter entwickelt, genauso wie sich meine Persönlichkeit in die falsche Richtung entwickelt hat.

Das ist eben die Folge eines Mannes, der trotz fehlender Empathie hochsensibel ist und sofort auf Momente reagiert, die Unrecht für ihn und andere bedeuteten. Er setzt all seine Kräfte ein und kämpft. Zum Schluss verliert immer der Don Quijote, denn Windmühlen oder die Gesellschaft ist stärker.

Ich bin der Jüngste mit 40 Jahren von Dreien und habe eine Schwester, die 54 und einen Bruder, der 59 Jahre alt ist. Ich bin das Nesthäkchen und dementsprechend verwöhnt. Ich war sensibel und laut.

Das findet man oft, dass ein Nachzügler es schwerer im Leben hat, weil ihn die Mutter nicht loslassen will. Wenn dann der Vater noch seine eigene Karriere in den jüngsten Sohn projizieren will, wird es heikel.

Wenn ich ungerecht behandelt wurde, ging es laut her und ich war sauer. In Beziehungen entstand keine Gewalt, aber sonst ist mir der „Arsch geplatzt". Zuerst gab es verbale Attacken und dann körperliche Übergriffe. In der Forensik nicht nur gegenüber Mitpatienten, sondern auch in Richtung Personal.

Die Welt so formen, wie man sie gerne hätte. Nichts dem Zufall überlassen, nichts laufen lassen. Eigentlich war er der heimliche Chef der Forensik mit lebenslänglich. Ein Kämpfer, der erst lernen musste, andere Mittel als Gewalt in Szene zu setzen, aber „its never to late for breakfast". Sage niemals nie und jeder kann dazulernen.

Aggressionen habe ich hauptsächlich an Sexualstraftätern ausgelebt. Sie haben wirklich Unrecht begangen und wenn sich ein Pfleger dazwischenstellte oder mich wie „Scheiße" behandelte, hatte ich ihn auch am Hals. Die Geldstrafe war nicht hoch.

Es zeugt von Mut, für seine Überzeugung einzustehen und die Folgen auf die eigene Schulter zu nehmen. Auf jeden Fall ist der „Rebell" ein Mann mit Rückgrat, der zwischen Schwarz und Weiß unterscheiden kann und auch dementsprechend handelt.

Seit 2003 entstanden keine Übergriffe mehr. Vor der Unterbringung hatte ich mich in den Kreisen der Punks, Autonomen und anderen Randgruppen zu letztlich 16 registrierten Körperverletzungen ausgetobt. Es war eben Kampf für Ideale, wo aber oft auch grundlos zugeschlagen wurde. Es donnerte richtig. Das Gewitter der Fäuste stand immer am Himmel. Ich sah meine Gewalt als Vorraum mit Frustabbau.

Wie auf der rechten politischen Seite, gibt es auch Chaoten im linken Milieu, die zuschlagen, ohne immer den Richtigen zu finden. Der „schwarze Block" ist da organisiert für politische Demonstrationen, aber die Anwendung von Gewalt, schließlich gegen die Staatsmacht illegal. Aber unsere Politiker haben die politischen Demonstrationen mit Gewalt in Nahost oder Afrika hoch gelobt für Freiheit. Da ist eben die doppelte Sichtweise. Freiheitskämpfer sind immer differenziert in ihrer Ideologie und Mittelausübung zu betrachten.

Führungsqualitäten

Durchsetzungsvermögen, Organisationstalent, Offenheit, Ehrlichkeit, Mut, Ehrgeiz, kritisch, Kämpfernatur, Verlässlichkeit, starker Wille, guter Zuhörer, Ausdauer (in vielen Bereichen), Lernfähigkeit.

Das reicht eigentlich schon für eine Managerstelle. Aber wo bleiben da die Schwächen? Starker Wille bedeutet auch Aggression. Mut bedeutet auch die Gefahr des Scheiterns. Kämpfen beinhaltet auch, wie wir schon sahen, den Drang zur Gewalt.

Intelligenz, Merkfähigkeit, Stolz, Wissen, Gastfreundlichkeit, Veränderungsbereitschaft, Erfahrung, Leidenschaft, Toleranz, Realist, Humor, Weltoffenheit, Führungsqualitäten, Stimmungsmacher, Motivator, Kraft, Solidarität, Güte, warmherzig, Hilfsbereitschaft, Verständnis, Korrektheit, Nachsichtigkeit, kinderlieb, fair, gläubig.

Das liest sich wie im Märchenbuch. Meist greift man sich nur drei Stärken heraus, die einem auch niemand nehmen sollte. Es läuft wirklich auf eine Führungskraft heraus, die sowohl menschlich als auch hart im Deal sein kann. Aber was wird daraus in die Realität umgesetzt?

Dies sind nur einige Stärken, die mir im Moment einfallen, es gibt bestimmt noch mehr in meiner Persönlichkeit, viele dieser Eigenschaften waren auch die letzten Jahre nicht so zum Tragen gekommen, aufgrund von Medikamenteneinnahme und der daraus folgenden Einschränkungen.

Es klingt wieder etwas narzisstisch, selbstverliebt, wenn die Person so rosig geschildert wird. Zu jeder Stärke gehört auch eine Schwäche. Jede Batterie hat einen Plus- und Minuspol. Wie schon gesagt, der Mensch ist nicht eindimensional, sondern funktioniert in mehreren Dimensionen.

Ich jedoch für mich kenne meine Stärken, jedoch kann ich auch einige hier drinnen nicht ausleben, und ich müsste schon längere Zeit nachdenken, da man hier im Maßregelvollzug vorwiegend auf Fehler und Defizite aufmerksam gemacht wird und diese auch im Behandlungsvordergrund stehen.

Das ist wahr. Die Forensik arbeitet zum Großteil an den Schwächen und die eigenen Stärken werden unterdrückt und kehren in voller Gänze erst wieder ein Jahr nach Entlassung in Freiheit zum Vorschein. Es ist ein Leiden, aber es soll ja ein straffreies Leben zu Tage treten und es ist eben zu bedenken, dass die Stärken auch zu den Verfehlungen führten.

Trotzdem denke ich, dass solche Stärken auch nach längerer Zeit nicht verkümmern und diese auch später im wahren Leben wieder zum Tragen kommen. Desweiteren möchte ich darauf hinweisen, dass egal wie krank und aussichtslos bisher meine Person dargestellt wurde, ich es immer wieder probiert habe, an mir zu arbeiten und nicht resigniert habe.

Die Stärken kommen eben wieder und das Kämpfen verlernt man auch in der Klinik nicht, denn gerade dort muss man sich gegenüber Mitpatienten und Personal durchsetzen. Wer sich aufgibt, hat verloren, wer nichts dazulernt, aber auch.

Klar hatte ich schon diese Tendenzen, jedoch ist es mir auch immer gelungen, wieder aufzustehen, wenn ich am Boden lag. Jetzt geht es für mich darum, auch irgendwann einen Schlussstrich unter diesen Leidensweg ziehen zu können und ich anfangen kann, ein vernünftiges, normales Leben zu führen.

Im Vertrieb heißt es: einmal mehr aufstehen, als man hinfällt. Das gilt auch für das Leben! Nie aufgeben und hauptsächlich sich nicht brechen lassen. Das ist eine große Gefahr in der Forensik, denn wer zu sehr an seine Schwächen arbeitet, verliert seine Stärken. Ein Trainer wollte einmal bei der Tennisikone Steffi Graf die Rückhand verbessern, Folge, ihre extreme Vorhand wurde schwächer und der Trainer musste gehen. So nicht.

Ansatzweise ist mir das nach meiner letzten Entlassung schon gelungen in Selbstständigkeit, Verantwortung, Hobbys, Sauberkeit, Unabhängigkeit, Beziehungsfähigkeit und auch der Wunsch nach einer eigenen Familie hat mich bisher noch nicht verlassen. Grundvoraussetzung sind Straffreiheit, Gesundheit und Abstinenz.

Die letzte Entlassung ging aber schief, weil eben gerade nicht Drogenfreiheit gegeben war. In das alte Fahrwasser jetzt noch einmal hineinzugeraten wäre tödlich, sprich lebenslänglich. Träume sind immer wichtig, denn sie sind auch stets ein Teil der Wunscherfüllung und zum anderen Teil Auseinandersetzung mit dem Erlebten.

Ich war Vertriebsleiter im Drogenhandel. Ich habe die menschliche Komponente, aber wie soll ich wieder einen Einstieg in die legale Sphäre als Markt- oder Filialleiter finden? Momentan arbeite ich im Schwerbehindertenbereich.

Fehlt auf einmal der Wille oder ist es Faulheit? Ist es bequemer von den Eltern gesponsert zu werden und abends die Füße hoch zu legen? Es stehen noch 20 Jahre Erwerbsleben im Raum und warum werden dann die oben geschilderten Stärken so weggeworfen?

Auch der Psychologe und Betreuer sagen mir, dass ich geeignet für eine Karriere zum Vertriebsleiter oder Manager wäre. Aber ich wurde noch nicht entdeckt. Jetzt noch einmal hochkämpfen mit Empathie und Abgrenzung?

Da spielt viel Angst vor der eigenen Courage mit. Man wird nicht entdeckt, sondern muss auf die Position zugehen. Erst wenn man etwas erreicht hat, kommen die Headhunter und rufen an. Da fehlt eindeutig der Wille, auf eigenen Beinen zu stehen.

Ich stehe mitten im Leben und fühle mich gut, aber körperlich sieht es schlecht aus und ich habe Kompetenzprobleme. Über meine Führungsqualitäten muss ich noch einmal nachdenken, aber gerade ruft die Mutter an.

Und gerade die verhindert mit warmherzigen finanziellen Spritzen, dass der jüngste Sohn aus den Sporen kommt. All die Talente schmoren nur im Privaten dahin. Schade, aber die Hoffnung stirbt zuletzt.

Fußballerkarriere

Bis zur Körperverletzung an meinem Vater 1993 beobachtete mein Vater meinen fortwährenden Aufstieg. Bis zum 14. Lebensjahr sah er seinen jüngsten Sohn als intelligenten, hoffnungsvollen, jungen Menschen, dem die Zukunft gehören wird.

Es ist die Projektion des eigenen Glücks in die Nachkommen. Sie werden verwöhnt und gehätschelt. Jeder Ballast wird von ihnen genommen. Es entsteht oftmals eine Lebensuntauglichkeit der Überversorgung.

Auf dem Gymnasium hatte ich recht gute Noten, im Sport, dem Fußball, wurde ich in die Saarlandauswahl berufen, er sah mich als frühreif und wünschte sich, dass ich einmal studieren oder eine Karriere als Fußballprofi machen würde.

Alles ist nach den Voraussetzungen realistisch, aber auch ein steiniger Weg. Dazu braucht man Durchhaltevermögen, Fleiß. Nur Intelligenz oder Talent sind nicht ausreichend. Und das wurde eben in der Erziehung nicht vermittelt.

Mein Vater erzählte seine Visionen stolz in der Kneipe und in der Familie. Zwischen dem 14. und 17. Lebensjahr sah er den Untergang jedoch schon kommen, er sah, dass ich kaum noch etwas für die Schule tat, diese wechselte, nur noch Augen für Mädchen hatte, oftmals spät von der Kneipe nach Hause kam, anfing regelmäßig Bier zu trinken und des öfteren Spielschulden hatte.

Es war der Beginn des Endes der steilen Karriere. Das findet man häufig, dass die Pubertät eine stolze Entwicklung in Frage stellt. Da gilt ein alter sizilianischer Spruch: Um durch das schwere Leben zu kommen, brauchst Du zwei Väter. Der eine zu Hause, der andere hoffentlich ein guter Trainer oder Chef.

Sportlich jedoch ging es weiter steil nach oben. Als Spielführer und mehrfacher Torschützenkönig kamen Angebote von größeren Vereinen, auch alle Fußballverantwortlichen waren sich sicher über das große Talent seines Sohnes.

Wie gesagt, die Füße wurden schon richtig gehalten, aber es begann schon ein Lebenswandel, der negativ für Sportler ist. Es gibt Genies wie Mario Basler, die nie richtig austrainiert waren, rauchten und tranken und doch erfolgreich, aber auch nie international den wirklichen Durchbruch schafften. Es fehlte an Disziplin!

In dieser Zeit gab es zahlreiche Lehrgänge an der Sportschule, Turniere in anderen Ländern, er bekam mit, dass sein Sohn schon jetzt eine Führungsrolle als Spielführer der Saarlandauswahl inne hatte und viele Pokale, Ehrungen und Lob entgegengebracht bekam.

Nicht nur der Vater war stolz auf den Sohn, sondern auch umgekehrt. Die Familie stand noch präsent da, die Mutter im Hintergrund. Es zeigten sich schon die Führungsqualitäten, die aber nie auf einem festen Boden zementiert waren oder über längere Zeit gehalten werden konnten.

Er unterstützte die junge Karriere, wo es nur ging. Er verpasste kein Spiel, keinen Moment meiner bis dato jungen Laufbahn. Er schnitt sich jeden Zeitungsartikel aus, er war bei Auftritten im Regionalen Sportfernsehen dabei, nahm die Sendungen auf, handelte Spielerverträge aus, fuhr mich überall hin.

Das tut normalerweise ein junger Sportler selbst. Gerade das überbehütete Dasein ist eine Voraussetzung für eine steile Drogenkarriere statt Sportlerlaufbahn. Gerade gegen Ende der Jugendzeit wird mit harten Bandagen gekämpft, wo sich jeder junge Mann durchsetzen muss.

Eine Ausbildung zum Kfz-Mechaniker hat er mir auch besorgt, da ich die Schule geschmissen hatte. In der Kneipe und der Familie konzentrierte sich sein Lob und Stolz nunmehr nur noch aufs Fußballspielen.

Wieder eine Verantwortung abgenommen. Die berufliche Laufbahn soll neben der sportlichen nie hinten anstehen, aber auch selbst gestaltet werden. Das Leben wird vollkommen vom Vater bestimmt und was passiert jetzt?

Er bekam dann auch mit, dass ich mich am 20. Oktober 1989 mit meiner Freundin Kerstin im Familienkreis verlobte, auch sie hatte in ihrer Sportart große Erfolge (Deutsche Meisterin im Bankdrücken).

Wieder Schnellschüsse. Entweder unüberlegt etwas liegen lassen oder schnell in etwas hinein springen. Im Management heißt es, wer sich scheiden lässt, habe kein Durchhaltevermögen, so endet das nächste Projekt.

Doch kurze Zeit später bekam er auch mit, dass die Beziehung kaputt ging, er sah mich zum ersten Mal ausrasten, bekam mit, dass ich tagelang besoffen war, nachts nicht mehr heimkam, er bekam mit, dass ich kiffte und oft wegen Krankenscheinen auf der Arbeit fehlte.

Da ist der Untergang vorprogrammiert. Vom großen, intelligenten Talent zum Herumtreiber, der den Halt verliert und zwar deshalb, weil er ihn nicht innerlich hat, sondern nur von außen getragen wurde.

Den Fußball hatte sein Sohn auch von heute auf morgen hingeschmissen. Eine Lebensphase, die innerhalb kürzester Zeit seinen Stolz, seine Hoffnung zerstörten und ihm das Gefühl gab, als Vater versagt zu haben. Das einzigste Thema, über das wir wirklich Bezug hatten, der Fußball, war somit beendet.

Schade für ein Vater-Sohn-Verhältnis. Es war auf Erfolg und nicht auf Liebe aufgebaut. Es war auf Sorgen und nicht Anlernen zum Selbsthandeln bedacht. Ein brüchiges Verhältnis, das in der Zukunft nur schwer zu kitten, denn es standen Vorwürfe im Raum.

Auch in der Fußballerkarriere zeigten sich schon Körperverletzungen oder grobe Fouls, die nicht alltäglich sind. Wurde ein Mitspieler gefoult, übernahm ich die Revanche. Einmal nahm ich 45 Meter Anlauf und nahm Rache. Ich wurde vom Sportgericht zu sechs Spielen gesperrt.

Eigentlich noch wenig für diese Unsportlichkeit. Es sind affektive Störungen, die bei allen Forensikpatienten durchkommen. Nicht die Vernunft steht im Vordergrund, sondern die Emotionen. Nun gehört zu Fußball Aggression, aber im Bereich der Regeln, des Spielens und der Taktik.

Die Fußballerkarriere war in der A-Jugend beendet, danach nur noch Thekenmannschaften, wo eigentlich das Bier im Vordergrund stand. Ich wurde mit 18 Jahren krank und bekam Medikamente als stärke Einschränkung für den Sport.

Aber wäre die Krankheit ausgebrochen, wenn die Karriere mit Enthaltsamkeit im Privaten weitergeführt worden wäre? Der „Rebell" hätte sich viel ersparen können und nicht zu rebellieren brauchen in Bereichen, in denen er nicht so stark war.

In der ersten Unterbringung in der Forensik war ich wieder richtig gut, besser als die Sportlehrer. Insgesamt, um das zu betonen, war ich sieben Mal Meister und im Saarlandpokal gewannen wir 4:2 und ich schoss drei Tore.

Es zeigt sich immer noch Stolz auf die Karriere in der Jugend und auf das genannte „Spiel des Lebens" im Pokal. Es ist der Narzissmus, der sich eben selbst in den Vordergrund stellt, aber Fußball ist ein Mannschaftssport.

Ich spielte dreieinhalb Jahre in der Saarlandauswahl als Spielführer und das europaweit. Einer von uns hat es in die erste Liga geschafft und ich habe dann einen anderen Lebensweg mit Drogen und Straftaten gewählt.

Aber warum wurde kein Traineramt übernommen? Auch wenn heute die Knochen bei schwerem Übergewicht nicht mehr so mitmachen. Das wäre auch eine Führungsrolle. Jungen Leuten das Spiel zeigen und aus eigenen Erfahrungen schildern, wie man es nicht macht.

Mir wurde die Pistole auf die Brust gesetzt, obwohl ich nicht verurteilt bin wegen Betäubungsmitteln. Mir ist aber klar, dass bei wieder Einnahme von Drogen eine Psychose entstehen kann.

Nun hat sich dieses Thema Drogen nach heutigem Stand erledigt, aber immer noch fehlt die fundierte Lebensalternative. Etwas, das Spaß macht, in die Fähigkeiten passt und auch wirtschaftlich rentabel ist.

Mutter

Meinen Anteil an der Psychiatrie habe ich nicht gesehen und im folgenden Zeitabschnitt hatte sich diese verzerrte Wahrnehmung manifestiert und hat mich auch oftmals in meiner Theorie bestätigt.

Letztlich ist man seines Glückes Schmied. Glück ist eigentlich nur der Wille zum Erfolg. Man muss viel tun, um die eigenen Ziele zu erreichen. Das Geld liegt eben nicht auf der Straße. Manchmal spielt auch der Zufall eine Rolle, aber auch dann ist man zum richtigen Zeitpunkt am richtigen Ort.

Mein Vater wollte eigentlich schon damals nicht mehr, dass ich zu Hause wohne, jedoch setzten sich die restlichen Familienmitglieder durch, allen voran meine Mutter.

Ins wohlbehütete Nest zurück. Das ist meistens so, dass die Väter die Küken aus dem Nest schmeißen und die Mütter sie zurückholen. Für eine lebensstarke Karriere ist es besser, früh auf eigenen Beinen zu stehen. Zu viel Wärme bringt ein dünnes Häutchen.

Was mir immer vorgeworfen wurde, eine Raub meiner Mutter mit Erpressung vollzogen zu haben, stimmt nicht. Es geht mir nicht nur ums Geld. Mein Vater hat mich mitangezeigt, weil ich ihn attackierte. Ich sollte damit aus dem Verkehr gezogen werden als Hilfeschrei.

Es scheint plausibel, denn die Mutter hatte immer die Spendierhosen an und warum sollte man sich den eigenen Geldhahn zudrehen. Es zeigt aber auch, wie innerlich zerstritten die Familie ist, wie wenig sie an einem Strang zieht.

Meine Mutter hat vor Gericht die Anklage abgestritten, aber der Staatsanwalt drohte mit Konsequenzen. Sie weinte und letztlich fiel sie um und ich bekam es ins Urteil geschrieben.

Diffus und merkwürdig, alles wurde an die staatliche Gewalt delegiert, den „Rebell" zur Vernunft zu bringen. Es zeigt die Hilflosigkeit in der Lage, in der sich die ganze Familie befand. Überraschend wird gar nicht die Meinung der Geschwister gehört.

Vieles wurde bestraft, vieles nicht. Eine gute Anzahl meiner Straftaten blieb im Verborgenen. Den Vater attackierte ich auch mit dem Messer. Vieles wurde Anfang der 90er Jahre wieder eingestellt.

Glück im Unglück, doch nicht, es reichte für die zweimalige Verurteilung nach §63 StGB. Der Staat hat den längeren Atem. Und wer mit dem Teufel einen Bund eingeht, braucht einen langen Löffel.

Als Nesthäkchen habe ich bis heute die volle Unterstützung meiner Mutter. Teilweise auch vom Vater, aber vieles, was die Mutter für mich tut, weiß er nicht.

Hier zeigt sich auch ein Missverhältnis des Vertrauens in der Familie. Es wird nicht offen gesprochen und geplant, wie man helfen kann. Und die Materie ist nicht alles, es gehört mehr zur Erziehung als die finanzielle Unterstützung.

Meine Mutter macht das, weil sie als Kind nicht hatte. Sie waren Kriegskinder und den eigenen Kindern sollte es besser gehen. Hauptsächlich materiell: Damit es dem Sohn eben gut geht!

Sie vermischen mit dem Geldzufluss einen emotionalen Anteil, den oft Großmütter für sich in Anspruch nehmen. Dadurch, dass der „Rebell" ein Nachzügler war, ist das Verhältnis eben durch den Altersunterschied auch eben eher großmütterlich gestaltet.

Aber ich bin ein Krieger im Krieg, wie mein Großvater, der gefallen ist mit zwei Brüdern. Die Großmutter hatte einen Viehhandel und eine Metzgerei bis in die 50er und 60er Jahre.

Das Kämpfen gehört zur Familie. Jeder auf seine Weise. Ob auf der Straße oder im Schützengraben. Feuer frei. Auf eigene Verluste wird wenig Rücksicht genommen, was der hohe Anteil an Toten zeigt.

Straffällig wurde der Bruder von meiner Oma: Bezichtigung der Vergewaltigung mit Mord. Es folgte Zuchthaus trotz Unschuldsbekennung und er starb auch darin. Später stellte sich aufgrund einer DNA-Analyse heraus, dass er es wirklich nicht wahr. Aber aufgrund der Verdächtigungen und des daraus resultierenden schlechten Rufes folgte ein Verlust der Geschäfte.

Wieder ein Unrecht, das zu verkraften war. Nicht alles läuft rund im Leben und Unrecht muss auch jeder Rebell oder Partisan in Kauf nehmen. Wie sagen oft Frauen: Ich erziehe meine Kinder auch so, dass sie mit Unrecht umgehen können. Aber wenn die eigene Existenz bedroht ist, kann man auch kämpfen und das mit legalen Mitteln.

Mein Frauenbild hat sich im Gegensatz zur Mutter so gestaltet, dass ich keine Frau am Herd möchte. Sie soll mir aber auch wie die Mutter emotionale Wärme geben. Die finanziellen Spritzen der Mutter sind auch emotionale Zuwendung.

Hier wird einiges vermischt. Man kann auch ohne Geld Emotionen zeigen. Der Euro beinhaltet ja nur, dass ich mir etwas kaufen kann. Es ist ein Geschenk. Wenn ich dafür arbeite, entsteht ein weit größeres Glücksgefühl.

Letztlich muss die Frau an meiner Seite rebellisch sein, nicht unberührt, erotisch mit Freude im Bett.

Nicht sexistisch und gut durchdacht. Eben nicht die Mutter, denn die lebt ja noch und ist für den Rest zuständig. Aber bei aller Inbrunst zur Mutter hat den „Rebell" das Verhältnis zum Vater noch mehr geprägt.

Vater

Ich wollte mit meinem Vater nichts mehr zu tun haben, weil er die Einweisung mit veranlasste. Es kam zu heftigen Streitereien bereits in der Klinik. Er wollte mir ja mit dieser Maßnahme nur helfen, er meinte es nochmals gut mit mir.

Vom Fußballprofi zum Psychiatriepatienten. Nicht alles läuft glatt im Leben, aber der Absturz war jäh. Man sieht in dieser Situation nicht, dass Angehörige mit einer Einweisung helfen wollen. Man sieht nur das Schicksal der Fixierung.

Nun verlagerte sich mein Scheitern, mein Hass, meine Wut und mein Zorn auf meinen Vater. Ich machte ihn verantwortlich für meine Situation.

Wie bisher im ganzen Leben stand der Vater für Erfolge und Misserfolge. Er musste für den „Rebell" funktionieren, aber nur im Positiven. Dass die Einweisung in die Psychiatrie auch eine Hilfe war, ist eben schwer nachvollziehbar, zumal danach Rachegelüste hochstiegen.

Ich fing an dagegen zu rebellieren, gegen meinen Vater, gegen die Psychiatrie und auch gegen den Staat (also gegen die Polizei). Mein Vater war tief enttäuscht über den Verlauf meines Lebens bis dato und versuchte nun strenger und konsequenter mit mir umzugehen.

Ist Strenge die richtige Maßnahme nach einem Psychiatrieaufenthalt? Eigentlich braucht man nach der harten Tortour mehr Wärme und Zuwendung. Die Mutter wäre da gefragt gewesen und nicht nur mit finanziellen Spritzen.

Ich kiffte in Holland massiv und nahm auch LSD-Papers zu mir, die mich ganz schön verwirrten. Nachdem mir meine Tasche, samt Ausweispapieren, Geld und Kleidung gestohlen wurden, versuchte ich mir über eine Bank Geld schicken zu lassen. Jedoch wollte mir mein Vater nichts überweisen und ich musste mir Vorwürfe anhören, dass ich nicht Bescheid sagte, wo ich war, sondern einfach abgehauen bin.

Fluchtverhalten ist keine Lösung, sondern immer die Vorstufe zu gefährlichen Manövern, die man hier sieht. Er war nicht der erste, der bekifft bestohlen wurde im Ausland, aber wieder kam der Hilferuf zum Vater, der streng reagierte.

Mein Vater hatte sich wohl Sorgen gemacht und auch schon die Polizei verständigt. Nachdem keine Transaktion von meinem Vater aus nach Holland überweisen wurde, versuchte ich es auf eigene Gefahr, ohne Geld, ohne Ausweis, ohne Essen und Trinken, mich bis nach Hause durchzuschlagen.

Welche Energie steckt in dem Mann, wo es einfacher gewesen wäre, auf die deutsche Botschaft zu gehen und sich helfen lassen. Aber die Institutionen waren ihm suspekt. Er kämpfte gegen die Macht, die ihm so weh getan hatte.

Ich gab meinen Gürtel und meine Jacke her, um an Nahrung zu kommen und wurde oft von Bahnkontrolleuren aus dem Zug geschmissen. Ich schaffte es letztlich nach Deutschland und konnte von der Bahnhofsmission zu Hause anrufen und die Lage schildern, ich war nur noch bekleidet mit einem T-Shirt.

Welche Angst mussten die Eltern ausgestanden haben. Aber statt mit Härte zu reagieren, hätten sie ihn gleich abholen sollen oder letztlich fallen lassen, was auch Eltern tun, die mit solch einer Karriere nicht zurecht kommen.

Spät abends hat man mich mich aus dem Bahnhof rausgeschmissen, es regnete in Strömen und ich fror, hatte Hunger und Durst. In den Morgenstunden fanden mich mein Vater und Schwager vor dem Bahnhofsgelände völlig unterkühlt und verwirrt, fuhren mich nach Hause und von dort direkt in die geschlossene Psychiatrie.

Wieder die selbe Leier begann, das Schicksal mit den Fesseln der Gesellschaft begann wieder. Aber ist nicht die Beziehung zum Vater nicht der Knebel, aus dem sich der „Rebell" nie entspannen konnte? Auf jeden Fall ist es ein diffuses Verhältnis, das einer gegenseitigen Hassliebe gleicht.

Ich bekam knapp 20.000 DM von meiner Versicherung wegen meines Arbeitsunfalles (Krankenhaustagegeld, Genesungsgeld, Invaliditäts-prozente) überwiesen, jedoch händigte mir mein Vater dieses Geld nicht aus, sondern verwaltete es in Form seines Amtes als Betreuer.

Wieder Fesseln, die einen erwachsenen Mann nur minderwertig fühlen ließen. Wenn der „Rebell" wohl auch nicht gelernt hatte, mit Geld umzugehen, so ist es demütigend abgespeist zu werden wie ein Kind von zehn Jahren.

Ich bekam weiterhin 10 DM pro Tag von ihm ausgehändigt. Aus dieser Situation heraus fing ich an, meinen Vater noch mehr zu hassen und begann wieder meine Medikamente nach und nach abzusetzen, zu kiffen, Alkohol zu trinken.

Es ist das typische Ablassventil. Die Frustration ist zu groß, um mannhaft damit umzugehen. Aber es ist eben auch die nie in jungen Jahren gelernte Methode, Enttäuschungen zu ertragen. Dann wird eben die Faust oder der Joint genommen.

Im Nachhinein denke ich, mein Vater hat es nur gut gemeint, er wollte nicht, dass ich das Geld auf einmal verprasse.

Eine späte Erkenntnis und hört sich wie ein Lippenbekenntnis an. Klar besteht immer die Gefahr für einen jungen Mann, dass er das Geld verjubelt und gerade noch mit Drogen, aber rechtlich stand es eben ihm und nicht dem Vater zu.

Mein Vater sagte immer zu mir, dass auch er nach dem Krieg als 14jähriger unter Tage arbeiten musste, um zu überleben, denn er hatte seinen Vater und Ernährer 1945 im Krieg verloren. Das ist etwas, das ich ich bis heute nicht verstehe. Auf der einen Seite wollte er stets, dass es mir einmal besser gehe als ihm nach dem Krieg. Auf der anderen Seite erinnerte er immer an seine schwierige Jugend.

Das ist eigentlich ganz leicht zu verstehen. Der späteren Generation soll es besser gehen, aber auch indem sie Verantwortung für ihr Leben übernimmt. Dazu gehören Arbeit, Partner, Freunde und ein drogen- und straffreies Leben. Nicht mehr und nicht weniger!

Ich denke, im Nachhinein wollte er mir nur zeigen, wie man Verantwortung übernimmt, egal in welcher Situation man sich befindet. Dieses war mir damals ganz und gar nicht bewusst, ich vermutete, dass er das Geld für sich Anspruch nehmen wolle, da war ja noch die Geschichte mit dem Autounfall, die er ja teilweise aus eigener Tasche beglichen hatte und nun das Geld in Amtes der Betreuung sich unter den Nagel reißt.

Das sind alles schlechte Vermutungen über einen Vater, der alles Erdenkliche für seinen Sohn tat, auch wenn er selbst Fehler begang. Geht es nur ums Geld oder auch um Liebe, die man seinem Vater gegenüber empfindet. War der „Rebell" überhaupt schon damals dazu fähig?

Ich wohnte nach der Trennung von meiner Freundin wieder zu Hause, arbeitete fleißig und fing an, wieder Amphetamine und Kokain zu konsumieren. Im Dezember 1992 wiesen mich meine Eltern wieder in die Psychiatrie ein, nachdem ich stundenlang nicht mehr geschlafen hatte und ich ihnen meinen Konsum von Aufputschmitteln verheimlichte.

Selbst Schuld. Nach den ersten Aufenthalten hätte jedem Patienten klar sein müssen, dass der Konsum von Drogen und Schlaflosigkeit zur Geschlossenen führen. Da bleibt auch nicht ein Rest von entschuldbarer Rebellion gegen Hilfsmaßnahmen der Ärzte bestehen.

Wieder begann die Tortour mit Clianimon in Infusionen, Fixierung etc. mit anschließender Tagesklinik, man sagte mir, ich hätte eine manische Psychose gehabt. Im März 1993 wohnte ich wieder zu Hause und arbeitete weiter an meiner Ausbildung, diesmal unter Fluanxol-Depot und Lithiumarznei.

Es hört sich auch keine Beschwerde mehr heraus. Aber Einsicht bestand zu dem Zeitpunkt noch nicht. Sicherlich ist es schwer als junger, kräftiger Mann diese Hämmer verabreicht zu bekommen, aber es soll ja verhindert werden, dass noch Schlimmeres passiert und eine Gleichmäßigkeit eintritt.

Die Arbeit fiel mir sehr schwer, ich war oft müde und konnte mich kaum konzentrieren. Der Streit zu Hause wegen des Geldes von der Versicherung ging weiter und spitzte sich nach und nach weiter zu. Mein Vater wollte mir beibringen mit Geld umzugehen und teilte mir weiterhin mein bisschen Geld ein, ohne dass ich eine Möglichkeit hatte, dem Ganzen zu entrinnen, d.h. auszuziehen und mir eine eigene Wohnung zu nehmen.

Es ist der normale Wunsch, auf eigenen Beinen zu stehen, aber die Medikamente sind die Krücke, auf der man läuft. Der Vater ist die andere und so entsteht Hilflosigkeit, die sich wieder in Flucht vor der Realität paart.

Ich suchte wieder Trost in Drogen und Alkohol, hauptsächlich Amphetamine, damit ich nicht immer so müde war. Im Juli 1993 kam ich mittags von einer Zechtour nach Hause, hatte längere Zeit nicht geschlafen und kein Bargeld mehr dabei, um den Taxifahrer zu entlohnen.

Man kann sich schon vorstellen, was kommt. Die alte Leier, aufputschen, um dann tief zu fallen. Es erinnert an viele Drogensüchtige, die bis zum letzten Pfennig zechen und dann zu Hause Radau machen.

Ich stieg zu Hause aus und sagte es dem Taxifahrer, er solle kurz warten. Meine Mutter händigte mir 20 DM aus, die ihr auch zurückgegeben hätte und mein Vater bekam die Situation mit. Er schrie meine Mutter extrem laut an und beschimpfte sie und anschließend mich.

So war der Streit da und jeder kann sich vorstellen, dass es noch mehr eskalierte. Nichts von Verantwortung für das eigene Tun. Wer saufen gehen kann, muss seine Zeche bezahlen und auch wieder arbeiten gehen können, ein alter Spruch, aber mit viel Weisheit.

Ich ging hinaus zu dem Taxifahrer, um ihm die 20 DM zu geben, mein Vater folgte mir und schrie und schrie und schrie. Ich wollte nur noch, dass er sein Maul hielt und schlug und trat nach ihm. Er rannte auf die Straße und ich folgte ihm und trat ihn nochmals in die Beine, er fiel zu Boden.

Körperliche Gewalt gegen den Vater hat eine tiefe Ursache. Eigentlich verehrte er ihn, aber der Drang nach dem Stoff war größer. Wie heißt es häufig: Einmal Junkie, immer Junkie, trau nie einem Junkie.

Ich setzte mich auf ihn und legte meine Hände um seinen Hals, jedoch konnte ich nicht zudrücken. Die Nachbarschaft und Autofahrer, die die Straße befuhren, standen alle herum und starrten mich an, einer von ihnen kam auf mich zu und sagte, ich solle aufhören und mir nicht mein Leben versauen.

Er wollte ihn töten, aber schaffte es nicht. Im letzten Moment war die Ratio noch durchdrungen. Aber welch abgrundtiefer Hass musste im „Rebell" stecken, so zu handeln, und das wegen 20 DM. Welche Folgen hat ein so ausgeprägter finanzieller Narzissmus?

Mein Vater blutete und heulte wie ein kleiner Junge. Ein Motorradfahrer kam herangefahren, ich kannte ihn flüchtig, und nahm mich bis zum Ortskern mit. Dort wurde ich unter Schusswaffenandrohung dann verhaftet und in die Psychiatrie gebracht.

Die Polizei kappte ihn wieder und der Hass gegen Vater, Staat und Psychiatrie nahm wieder seinen Lauf. Es war in den Jahren eine echte Karriere der Dreh-Tür-Psychiatrie. Das Rein und mit kurzen Abständen des Raus.

Wieder die Diagnose „manische Psychose" mit starker Medizinierung von Clianimon und lange Fixierung. Ich denke, das war ausführlich genug, um zu verstehen, warum es zu dieser Auseinandersetzung kam. Es tat mir damals, wie heute, unendlich leid, dass ich meinen Vater körperlich angegangen habe und ich hatte auch in den Folgejahren immer wieder dieses Bild vor Augen gesehen, wie mein Vater jammerte und winselte und Angst hatte um sein Leben.

Und das ist es eben: Es war nicht nur nur eine Backpfeife, sondern er hatte zugedrückt und dann muss die Gesellschaft geschützt werden, auch wenn es eine Krankheit ist und damit entschuldbar. Rebellion ja, aber nicht um 20 DM.

Von seinem eigenen Sohn auf offener Straße, am helllichten Tag und geschlagen zu werden, ist, glaube ich, das schlimmste, was einem als Vater widerfahren kann. Er fühlte sich wohl als Versager, er war zutiefst gekränkt und ich weiß nicht, wie lange es gedauert hat, bis er über diesen seelischen Schmerz hinweg war.

Es war schon ein Bock, den der „Rebell" da geschossen hatte. Normale haben dafür kein Verständnis. Es sind eben affektive Reaktionen eines Kranken, die zwar eine Ursache haben, aber in Zweck-Mittel-Verhältnis völlig quer stehen. Die Einsicht in die Tat kommt Jahre später und schildert dann die Empathie in die Situation des Vaters.

Er hatte es doch nur gut gemeint und war, glaube ich, maßlos enttäuscht über sein Scheitern. Auch ich war seit diesem Moment innerlich ausgebrannt und leer. In der Folge zog ich ein Dreivierteljahr später von zu Hause aus, kurz nachdem ich aus der Psychiatrie entlassen wurde und die Kontakte waren seitdem spärlich.

43

Die Erziehung war wirklich gescheitert und so war eine räumliche Trennung die beste Lösung. Abstand von Gewalt und wenn es ein Fremder gewesen wäre, hätte man wohl jede Kommunikation abgebrochen; abhaken.

Wir gehen uns eigentlich bis heute ziemlich aus dem Weg, ich denke bis heute waren es 15 Begegnungen und 1998 bei einem Heimaturlaub aus dem Maßregelvollzug haben wir uns auch ernsthaft ausgesprochen.

Die Zeit heilt alle Wunden. Nicht umsonst ist sie als vierte Dimension auch in zwischenmenschlichen Beziehungen relevant. Aber so eine Aussöhnung kann man nicht vom Knie brechen. Es müssen beide bereit sein und die Konflikte verarbeitet haben.

Vor vier Wochen, nachdem ich an der Achillessehne operiert wurde, hat er mich sogar zusammen mit meiner Mutter besucht und ich fand das ganz toll. Eigentlich mag ich meinen Vater und je älter ich werde, um so mehr verstehe ich ihn auch, nur damals war das nicht möglich.

Was früher nicht ging, kann heute funktionieren. Es gibt auch im Geschäftsleben Ideen, die erst Jahre später erfolgreich werden. Visionen sind wichtig und man muss auch deswegen nicht zum Psychiater, wie ein Bundeskanzler einmal sagte. Menschen leben von ihren Gedanken und innerlicher Konfliktverarbeitung.

Diesen Vorfall hatte er erst Anfang 1995 zur Anzeige gebracht, nach einem weiteren Klinikaufenthalt, um mir längerfristig damit zu helfen, meine Probleme und mein Leben in den Griff zu kriegen.

Es waren Hilfeschreie, nicht nur vom „Rebell" durch Aggression, sondern auch vom Vater durch Zwangsmaßnahmen. Es ist die häufig zu bemerkende Ohnmacht gegenüber der Krankheit. Die Liebe der Eltern bleibt bestehen, auch wenn sie manchmal einer Mondfinsternis gleicht.

Anmerken möchte ich noch, dass mein Vater sein Amt als Betreuer von mir nach der Tat abgegeben hat. Ich bekam einen neuen Betreuer bis zum Jahr 2000, als ich nach vorherigem Gutachten und zwei Anhörungen die Richter überzeugen konnte, dass ich alleine Verantwortung für die zu betreuenden Felder (Aufenthaltungbestimmungsrecht, Medikamentenfürsorge, Vermögensverwaltung) übernehmen kann. Dies mache ich heute noch, obwohl ich anfangs damit so meine Probleme hatte.

Das ist Selbstversorgung und eine Entlastung für den Vater, denn dadurch entstanden ja immer wieder Konflikte. Ein großer Schritt in das Reich der erwachsenen Verantwortung. Jetzt kann niemand mehr vorgeschoben werden, wenn der Gang in die Klinik angesagt ist, obwohl die Forensik bei Aufenthalt die Umsorgung der Betreuung übernimmt.

War mein Vater in meiner Jugend doch stolz auf mich, hauptsächlich bezüglich der Fußballerkarriere, lobte mich, wo er nur konnte und bei jedem Spiel wie gesagt dabei, so machte er doch Fehler bei Vertragsverhandlungen.

Es hört sich nicht nur das Positive für einen jungen Mann heraus, sondern ein allumfassendes Versorgungsdenken. Der Vater hatte zu funktionieren, um alle Erfolge auch schließlich materiell gelingen zu lassen.

Ich war fünf Jahre an einen Verein gebunden und wurde bei einem Wechsel zu einem größeren Verein gesperrt. Es ergaben sich ab dem 15ten Lebensjahr Streitigkeiten, auch wenn mein Vater mich überall hinfuhr und begleitete und mich voll unterstützte.

Lehrjahre sind keine Herrenjahre. Die Volljährigkeit beginnt bei 18 und dann ist noch genügend Zeit ins Profileben. Wichtig ist da eine gute Schulausbildung, denn die Karriere steht immer auf wackligen Füssen. Letztlich scheiterte sie ja auch an den Drogen.

Ich war etwas Besonderes!

Das kann man schon sagen, wenn man in der Jugend so viele Titel holt und Spielführer der Saarlandauswahl ist. Aber es zeugt auch hier von einem Narzissmus, der nicht auf festem Boden steht.

Der Vater hat für mich einen dominanten Anteil und ich bin eher wie der Großvater als Kämpfer und Bergmann mit fünf Buben und keinem Mädchen, die abgetrieben wurden.

Es zählen nur die Starken und die Frau gehört an den Herd. Es ist ein altes Denken, gegen das sich der „Rebell" wehrt in seinem Frauenbild und seiner Wärme, die er im Inneren spürt. Aber es kann auch zu Labilität führen, wenn die eigenen Emotionen nicht verarbeitet werden.

Im 1. Weltkrieg war mein Großvater in russischer Gefangenschaft mit Flucht 1917. Im 2. Weltkrieg war er wieder Soldat mit fünf Söhnen als ausgerichteter Kämpfer. Er fiel 1945, ein Sohn auch, einer Waffen-SS, einer Afrika, einer Gebirgsjäger mit Verwundung. Heute stehen noch Ehrendenkmäler im Ort.

Da spricht Stolz aus dem „Rebell", der kämpft gegen die erlittenen Ungerechtigkeit wie seine Vorfahren für Adolf Hitler. Es ist auch ein Ausdruck der Bewunderung für den Vater, der sich letztlich immer für seinen Sohn einsetzte, mit Liebe, aber auch Fehlern, die jedoch jeder in der Erziehung macht. Letztlich kommt aber auch immer eine Portion Selbsterziehung dazu.

Drogen

Zu Hause nur noch Vorwürfe, Beleidigungen, Streit, es wurde zur Hölle für mich. Ich fing noch nebenbei in einer Gaststätte an zu kellnern, nach Feierabend bis oft in die Puppen. Ich bekam oft tagelang gar nicht die Möglichkeit zu schlafen, ich fing an Amphetamine zu konsumieren, um den Alltag zu überstehen und durchzuhalten.

Was ist da Ursache und Wirkung? Ist es die Hölle, weil Drogenkonsum im Raum steht oder wird konsumiert, weil es zu Hause nicht auszuhalten ist. Wie sagte einmal ein Kind einer Alkoholikerin: „Mein Vater war nie zu Hause, weil meine Mutter trank und die trank, weil der Ehemann nie zu Hause war."

Ich fing an es an die Nerven zu bekommen, schlug meine Zimmereinrichtung kaputt. Zwischen meinem 18ten und 21ten Lebensjahr spitzte sich meine Situation noch mehr zu. Mein Vater kritisierte mich nur noch, falls es überhaupt noch zu einer Begegnung kam, er schaffte es zumindest, das ich mich im Winter 1990 einem Arzt anvertraute und der mir empfahl eine Langzeittherapie für Drogenabhängige zu machen.

Keine schlechte Lösung, aber da muss man auch durchhalten und Willen zeigen. Für junge Menschen sicherlich schwer, wenn die Freuden des Lebens und der Droge noch groß im Raum stehen.

Der Arzt besorgte mir einen Therapieplatz. Ich trat die Therapie jedoch nicht an. Nachdem ich massiv weiter Amphetamine, Kokain, THC, Alkohol und LSD konsumierte, wurde ich das erste Mal am 4.2.1991 nach Streitigkeiten mit einem Gastwirt, Zechprellerei, Wutausbrüchen und Sachbeschädigung in den elterlichen Räumlichkeiten psychotisch in die geschlossene Abteilung der Psychiatrie eingewiesen.

Wo können Drogen hinführen? Nicht alle führt es in die Psychiatrie, aber man muss als Konsument damit rechnen. Aber sicherlich besteht keine Vernunft beim Drogenkonsum, sondern es steht in erster Linie der Rausch im Vordergrund. Jedes gute Zureden ist zwecklos, bis entweder Zwangsmaßnahmen vollstreckt werden oder Einsicht besteht.

Anfang 1994 wurde ich wiederholt aus der Psychiatrie entlassen und tagesklinisch betreut. Nach einem großen Streit verbaler Art zog ich wieder bei meinen Eltern ein, mein Vater wollte das eigentlich gar nicht, ich denke, er hatte Angst davor, dass es erneut zu Übergriffen kommen könnte. Ich begann auch direkt nach der Entlassung wieder zu kiffen, war oft sehr platt.

Kein Wunder, wechselhafte Wirkung zu den Medikamenten. Die einzige Lösung wäre ein abstinentes Leben gewesen, wie es heute gestaltet wird. Wo der Kick geringer ist, aber das Leben solide abläuft.

Auch bekam ich weiter Arznei, Depot-Spritzen mit Fluanxol, Lithium und Nipolept. Die Tagesklinik weigerte sich, mich weiter zu behandeln, da ich positiv auf THC getestet wurde, zum wiederholten Male.

Wieder ein Scheitern ohne Aussicht auf Erfolg. Dass die Klinik sich weigert zu behandeln bei Drogenkonsum, ist verständlich. Es gibt auch Experten, die andere Mitpatienten noch beliefern, welches Suchtpotenzial und Geldgier muss in manchen stecken.

Wir soffen, kifften, zogen Speed und Koks und flogen auf LSD um die Welt. Mittlerweile wohnten zehn Leute in dem Haus, überwiegend Autonome, wie Punks, Rastafaris, Psychos. Wir bekamen von den umliegenden, großen Einkaufsmärkten die abgelaufenen Lebensmittel.

Es war eine Welt für sich, die nicht mehr in der Realität behaftet war, nur in den grundlegenden animalischen Bedürfnissen wie Essen und Trinken bestand noch der Fuß auf dem Boden. Sonst flogen alle hoch.

An Wochenenden waren bis zu 100 Personen in dem Haus, es waren riesige Parties, die Nachbarschaft beschwerte sich permanent bei der Polizei. Auf alle drei Etagen stiegen durchgehend Parties, die Kneipe im Erdgeschoss wurde renoviert und geöffnet.

Das Leben besteht aber nicht nur aus Feiern, das wollte eigentlich der Vater dem Sohn vermitteln. Leistung im Sport oder Beruf waren Voraussetzung für ein gesundes Glück mit Bier und Frauen. War es nur eine innere Rebellion oder wurde die gesamte Gesellschaft in Frage gestellt?

Mein täglicher Konsum war zu diesem Zeitpunkt enorm. Alkohol in rauen Mengen, täglich bis zu drei Gramm Amphetamine, täglich bis zu fünf Gramm Hasch und Gras, dazwischen Kokain, Codein, Pilze, Tabletten aller Art und LSD-Papers, Micros.

Das ist schon eine kräftige Ladung. Aber der „Rebell" hatte einen gesunden Sportlerkörper, er konnte einiges vertragen, aber was wollte er bewirken? Jeden Tag stone! Er lehnte sich auf gegen jedes Establishment.

Dazu bekam ich weiter Depot-Spritzen, Lithium und Schlaftabletten. Ich schlief manchmal 14 Tage am Stück nicht, meine Gedanken waren nur noch ein einziger Rausch. Die Polizei lief immer öfters ein wegen Ruhestörung und fing auch an, Razzien zu machen, wegen Drogen.

Man musste kein Prophet sein, um zu wissen, dass dies nicht lange gut gehen konnte. Es ist immer der Rhythmus der Aufputschmittel mit zwei Wochen Dauerkonsum, der zu Psychiatrie oder Straftaten führt.

Mir ist heute bewusst, dass Alkohol- und Drogenkonsum mir die Fähigkeit des rechtzeitigen Erkennens nehmen und mir damit das erarbeitete Verhaltensmuster aus der Bahn werfen. Da ich schon Schwierigkeiten habe, dieses Verhaltensmuster zu kontrollieren, wenn ich nüchtern bin, so setze ich mich und meine Mitmenschen der Gefahr aus, dass etwas passiert, wenn ich wieder konsumieren würde.

Das ist eine gute Einstellung. Eigentlich nicht lange darüber philosophieren, sondern sich eingestehen, dass der Konsum schädlich ist und verheerende Folgen für das eigene Tun und Denken hat.

Diese Einsicht habe ich über Jahre nicht gehabt, aber heute ist mir das bewusst und ich habe ehrlich auch nicht mehr die Absicht, mich und andere dieser Gefahr auszusetzen, indem ich wieder etwas konsumieren würde. Dafür habe ich zu sehr an mir gearbeitet und wenn ich noch mal die Chance bekäme, dies in Freiheit unter Beweis zu stellen, ich würde es tun.

Es ist jetzt klar, dass der Konsum zu einer eigenen Gefährdung führt und er auch eine Gefahr für Andere darstellt. Er ist unberechenbar, nicht mehr Herr seines Tuns. Im Bewusstsein ist diese Einsicht angekommen, sie muss nur im täglichen Handeln infiltriert werden.

Durch die Wochenenden fing ich wieder an gelegentlich ein paar Bier zu trinken, auch kiffte ich wieder täglich. Ich lernte eine hübsche Frau kennen und fing mit der eine Beziehung an, von der anderen Freundin trennte ich mich.

Es ist immer ein Bäumchenwechseldich. Überlappende Trennungen mit Drogenkonsum, sonst herrscht Stille. Nach eigenen Angaben waren es mehr als 150 Bettgeschichten, einerseits gut für den Narzissmus, andererseits schlecht für das Kalkül der Beziehungsfähigkeit.

Mit dieser Frau, einer 28jährigen Krankenschwester hatte ich eine schöne Zeit, auch kümmerte ich mich sehr um ihren 7jährigen Sohn. Wir unternahmen viel, gingen schwimmen, Fußball schauen. Essen, Bummeln, ins Kino, auf Feste und ich war sehr glücklich. Jedoch fingen wir beide an, regelmäßig zu koksen, was viel Geld verschlang.

Wieder eine Drogenbeziehung. Wann war einmal nüchtern ein Geschlechtsverkehr möglich? Das bürgerliche Leben konnte zwar integriert werden, aber dann fehlte das Geld und letztlich bleibt dann oft nur die Lösung durch illegale Geschäfte.

Mein Konsum war bis dahin auf Haschisch und Kokain täglich konzentriert, gelegentlich trank ich mal Wein oder Bier, aber in Maßen, nicht wie früher. Aber in der Urlaubswoche fing ich wieder an heftig zu trinken, meine Freundin wollte ich in der Woche auch nicht sehen, da wir eine heftige Meinungsverschiedenheit hatten.

Zum wiederholten Male die alte Leier. Stress im Leben, Kompensation durch Drogen, Stress in der Beziehung. Konsum auf allen Ebenen. Das ist eben nicht die Lösung, Konflikte zu bearbeiten, Alternativen aufzuzeigen. Was früher der Vater war, sind heute die Frauen.

Ich machte eine Kneipentour nach der anderen, mal mit Freunden, mal alleine. Ich hatte den Drang, es mir mal wieder richtig zu besorgen. In dieser Woche war mein Alkohol- und Drogenkonsum extrem hoch. Ich konsumierte nach langer Zeit wieder Schnaps und Whiskey, warf Extasy, schnupfte Kokain und seit langer Zeit wieder Amphetamine. Wenn ich mal zu Hause war, rauchte ich nur noch Haschisch, keine Zigaretten mehr.

Immer wenn er es sich richtig besorgte, knallte es danach. Man konnte eine Wette darauf abschließen, wie es enden würde. Vollgepumpt durchs Revier und mit aggressivem Blick, die erstbeste Situation zu finden, wieder loszuschlagen. Den eigenen Frust herauszukämpfen, ob für sich oder andere. Aber nicht schicksalslos und untherapierbar!

Denn allein, dass ich in diesem Zustand in eine solche Situation gekommen bin, zeugte davon, dass ich es immer noch nicht gelernt hatte, die Finger von Alkohol und Drogen zu lassen und ich auch in diesem Zustand zu Gewalt neigte.

Eigentlich hätte er es ja aus den Erfahrungen begriffen haben müssen, aber dem war nicht so, auch nach fünfjähriger Forensikzeit. Die Katze lässt das Mausen nicht. Der „Rebell" ist ein Kämpfer, aber oft ohne reales Ziel.

Durch die Aktionen in meinem Leben, in denen ich Gewalt angewendet habe, ging immer starker Konsum, Stress und Schlafmangel voraus und die Tatsache, dass ich dann zu Gewalt neige.

Die drei Punkte sind gut aufgelistet und herausgearbeitet. Der Stress ist durch Prioritäten leitbar und wenn der Drogenkonsum wegfällt, erübrigt sich auch der Schlafmangel. Dann weiß man, was man tun muss oder weglassen sollte.

Hier eine Auflistung der konsumierten Mittel:

Schwarzmarktmedikamente:
Mantrax (5 Tabletten, geraucht, 90)
Lidocain (40g Zahnarztkoks, 91-96)
Lexotanil (30 Tabl. Barbiturat, 93,94,03)
Rosimon (500 Tabl., 90-93)

Elexier (4 Fläschchen Saft, 91-92)

X 112 (3 Fläschchen Schlankheitstropfen, 92-93)

Tranquilizer (10 Tabl., 2 mal Tropfen, 93)

Codein (1 Jahr Saft, 50 Compretten, 93-95)

Opiumtinktur (20 Käppchen Saft, 94-95)

Methadon (6 Käppchen Saft, 95-96)

Ephedrin (50 Tabl., 94)

Johanniskrautdragees (200 Tabl., 91-92)

AN 1 (300 Tabl., 90-92, 95-96)
Captagon (20 Tabl., 91-92)

Drogen, Rauschmittel:
Quat (20 g ger., geg., 93,94)
Rohopion (4g geraucht, 94,96)
Metamphetamine (50g ,93-94)
Amphetamine (500g gesnieft, gespritzt, 89-03)
Kokain (500g, gesnieft, gespritzt, 88-03)
Heroin (3g, gesn, gespr., ger., 94,97,98,02)
Haschisch (7kg, ger., geg.,getr,86-04)
Marihuana (500g ger., geg. 86-03)
Haschöl (30g geraucht, 93-97, 00-01)
LSD (1000 Trips, geg., gespr., 90-95,97)
Pilze (1500 gegessen, 93,94,97,00)
Extasy (100 geschl., 92-94, 00-02)
Krötensekret (3 mal geleckt, 94)
Mescalin (1 mal gegessen, 94)

Ritelin (2 Tabl., 91)
Medinox (1 Tabl. Babiturat, 90)

Valoron N (5 Fläschchen Tropfen, 93-94)

Polamidon (1 Käppchen Saft, 98)
Optalidon N (2 Tabl., 91)

Vesparax (3 Tabl., 90-91)

Dronabinol (15 Tabl., 00)

Marinol (10 Tabl., 00)

Spasmo-cibalgin (3 Zäpfchen, 94)

Subotex (20 Tabl.gesnieft, 01-03)

Anabolika (10 Tabl., 89-90)

Hallowach (200 Tabl., 93-94)

Taurintabletten (50 Tabl., 93-94)

Dradon (100 Tabl. 93-94,96)

Airbushgas(inhaliert)
Benzin (40 mal geschnüffelt, 88-90)
Schuhmacherleim (10 mal geschnüffelt, 89-90)
Pattex (5 mal geschnüffelt, 90)
Kontaktspray (1 mal inhaliert, 02)
Eisspray (30 mal inhaliert, 91-92)
Morphium (1 Woche per Infusion, 91)
Tollkirschentee (5 mal getr., 92-94)
Engelstrompeten (1 mal gegessen, 94)
Stechapfelkerne (2 mal gegessen, 94)
Fliegenpilztee (1 mal getrunken, 94)
Bilsenkraut (3 mal geraucht, 93-94,98)
LSD-Alkohol (1 mal gegessen, 94)
Crack (2 mal geraucht, 01)

Und einiges, was ich vergessen habe, aber die Liste ist ja lang genug, um sich einen Eindruck zu verschaffen, wie eine Drogenkarriere verläuft. Ich bezeichne mich als Polytoxomanen, der nur gegen Heroin eine Abneigung hatte. Für mich ist es unterste Schiene.

Wie vielen Drogenabhängigen besteht auch da eine starke Hierarchie und Narzissmus zeigt sich in den Aussagen der Abgrenzung, die vielleicht noch schlimmer dran sind. Der „Rebell" favorisierte sicherlich aufputschende Mittel mit immensem Dauerkonsum von Haschisch.

Ich muss darauf hinweisen, dass die Drogen auch immer mit einer Vielzahl von Medikamenten zu wirken hatten. Heute als cleaner Drogist habe ich ein schwach depotisches Mittel Abilify, das nur geringe Nebenwirkungen hatte, im Alltag mich nicht beeinträchtigt und Sexualität erlaubt.

Da sieht man, was man erreichen kann, wenn ein drogenfreies Leben besteht. Die Eingliederung in die Gesellschaft zu einem vollwertigen Mitglied ist möglich und auch gewünscht. Job, Freundin, ausreichend Bekannte, gutes Verhältnis zur Familie, alles ist denkbar, auch bei der horrenden Liste und Drogenbiografie.

Aber ich muss immer vor der Mühle der Psychiatrie warnen, denn die Erfahrungen sind neu, heute fit zu sein und nicht wie früher zugepumpt in Bus und Bahn in der Mittagspause einzuschlafen. Vorsicht ist da die Mutter der Porzellankiste.

Da kann man nur zustimmen, denn schnell geht es wieder zurück. Das Erarbeitete muss auf ein festes Fundament gestellt werden und immer wieder überprüft. Nichts ist schwieriger, als wenn man in die Mühlen der Götter in Weiß und Halbgötter in Schwarz gerät.

Körperverletzungen

Die vielleicht schwerwiegenste Attacke war die schon beschriebene auf den Vater. Es war Hass und Liebe zugleich, die zurückgestoßen wurde. Wer den Vater schlägt, macht auch vor sonst nichts halt.

Am 23.11.1994 war es dann gekommen, dass ich einen Gast von uns mit einem Messer verletzte. Ohne Absicht erwischte ich ihn beim Dosenwerfen mit einem Messer am Handgelenk. Er blutete sehr stark und schrie vor Schmerzen.

Eigentlich eine Unachtsamkeit, aber die macht man als 10jähriger, wenn der Baum herhalten muss, um die Wurfkünste der Jungen zu prüfen. Wie so oft im Leben, stand nicht die Vernunft im Vordergrund, sondern der Spaß.

Ich habe ihn mit einem Schnürsenkel aus meinen Dockers-Schuhen den Arm abgebunden und ging mit ihm runter ins Erdgeschoss in die Kneipe, weil es dort ein Telefon gab. Wir verständigten einen Krankenwagen und gaben an, dass es sich um einen Notfall handele, der Mann hätte die Hauptpulsader an der Hand durchtrennt und blutete sehr stark, sie sollten sich beeilen.

Eigentlich die richtige Reaktion, aber auch gepaart mit einer Lüge. Die Überraschung sollte kommen und gerade, wenn man in einem besetzten Haus wohnt, auf das die Polizei schon ein Auge geworfen hatte.

Ich war mit den Nerven fertig, hatte noch nie zuvor so viel Blut gesehen und machte mir unendlich Vorwürfe. Ich hoffte auf den Rettungswagen, bevor mein Kumpel verblutete. Ich war sehr verwundert darüber, dass anstatt des Krankenwagens die Polizei mit zwei Beamten kam.

Damit muss man rechnen. Wenn man bekannt ist, kommt oft das Einsatzkommando mit drei Streifenwagen. Der Staat geht auf Nummer Sicher und so verläuft der Abend nicht so gesellig, wie man sich ihn vorstellt, auch wenn man eigentlich unschuldig ist, weil es ein Versehen war.

Einer der beiden nahm die Personalien der Personen auf, die vor Ort waren, mein Kumpel saß an der Hauswand und blutete immer noch sehr stark. Der andere Polizeibeamte war bereits ins Haus gegangen, um Tatort und Tatwaffe zu sichern, da die Polizeibeamten von einem Verbrechen ausgingen.

Da wird eben das Schlechteste gedacht. Vorurteile und Etikettierung gibt es immer. Die soziale Lage spielt eine große Rolle bei der Rechtssprechung. Der „Rebell" empfand das natürlich in seinem Denken als Unrecht.

Ich konnte das gar nicht verstehen, dachte nur, denen ist scheißegal, wenn mein Kumpel verblutet, Hauptsache, sie konnten den Verlauf aufklären. Ich ging hinauf in die Wohnung, wo der Vorfall passierte und sah den Polizeibeamten S., wie er sämtliche Schubladen aus den Schränken rausgezogen hatte und in privaten Sachen wühlte.

Das war nun schlicht wirklich des Guten zu viel. Da ringt ein Mensch mit dem Leben und zuerst soll der Schuldige gefunden werden und Hinweise auf krumme Sachen. Da hat jeder mit einem gesunden Rechtsempfinden „loszuschlagen"; aber wie?

Das Messer mit dem Blut des Opfers hielt er in der Hand. Ich dachte nur, was sucht der eigentlich in meinen privaten Sachen und sprach ihn darauf an. Er wurde laut und sagte, ich solle ihn seine Arbeit machen lassen. Die verbalen Attacken gingen hin und her und ich stellte mich in den Türrahmen.

Jetzt knallt es gleich. Jetzt war Rebellion gefordert und das sollte man auch nicht als Widerstand gegen die Staatsgewalt auslegen, sondern Eintreten für Menschlichkeit. Auch wenn es ein schmaler Grat ist, aber irgendwann ist Schluss mit lustig und nicht jede Ungerechtigkeit hinzunehmen.

Als er hinaus wollte, versperrte ich ihm weiter den Weg, indem ich im Türrahmen stehen blieb, er zog seine Dienstwaffe und richtete sie auf mich, er würde abdrücken, wenn ich nicht den Weg frei machen würde, also ließ ich ihn an mir vorbei.

Man glaubt es kaum, aber es ist wie in einem schlechten Krimi im Privatfernsehen. Für das Verhalten des Polizeibeamten gibt es nun wirklich keine Entschuldigung. Er fordert Unrecht heraus.

Im Vorbeigehen gab er mir einen Rand und lief schnell in Richtung Wohnungstür und Treppenhaus. Ich verfolgte ihn und erwischte ihn, als er die Treppe herunterlief, mit meinem Fuß im Rückenbereich. Vor der Tür bekam ich mit, dass der Krankenwagen mittlerweile eingetroffen war, mein Kumpel wurde ärztlich versorgt und kurz darauf ins Krankenhaus gefahren, wo er direkt operiert wurde.

Eigentlich alles paletti, Actio und Reactio, man hätte es stehen lassen können und der eigentliche Grund des Notrufs war auch erledigt. Aber wäre da nicht der Spaß an Gewalt auf beiden Seiten.

Der Polizeibeamte S. warf das sichergestellte Messer unter den Dienstwagen, da er in der Aufregung den Schlüssel nicht fand und das Polizeiauto zugesperrt war. Ich verwickelte die Beamten in ein Gespräch, machte Angaben zu dem Unfallhergang, aber war nach wie vor fixiert auf mein Messer, das für mich von Bedeutung war und auch sehr teuer. Es war ein Buck-Jagdmesser im Werte von 350 DM, das ich erst einige Wochen vorher mir gekauft hatte.

Da kommt natürlich wieder der Narzissmus zum Vorschein. Die eigenen Interessen, auch materiellen, absolut in den Vordergrund stellen und auch dafür zu kämpfen, manchmal ohne Rücksicht auf Verluste. Da wäre ein gesundes Abwägen von Für und Wider besser, zumal das Messer nach Sicherstellung und Überprüfung wieder ausgehändigt wird.

In einem Moment der Unaufmerksamkeit der beiden Beamten lief ich in Richtung Polizeiwagen, bückte mich und nahm das Messer unter dem Wagen heraus. Ich bewegte mich wieder zurück und ging zwischen den beiden Beamten durch, jedoch ohne Absicht diese anzugreifen. Als ich an ihnen vorbei war, zogen beide ihre Dienstwaffe und richteten sie auf mich.

Nun haben wir den Salat, es drohte eine Eskalation aus einem zuerst harmlosen Dosenwerfen. Beide Seiten haben sicherlich überreagiert, aber wahrscheinlich spürten beide Seiten die gegenseitige Antipathie.

Ich solle stehen bleiben und die Hände hochnehmen, hörte ich im Hintergrund, ich rief, sie sollen mich doch von hinten erschießen, ging in die Garageneinfahrt und warf das Messer aufs Garagendach, wo es die Kripo dann später sicherstellte.

Angst spielt ja keine Rolle, wenigstens nicht beim „Rebell" und vielleicht war genau das die Begründung für das Verhalten der Beamten. Die andere Seite mag auch der Gedanke sein, jetzt haben wir ihn soweit und wenn wir ihn reizen, können wir ihn kaschen.

Der Beamte S. kam auf mich zu, mit Handschellen in der Hand, und sagte, ich wäre hiermit festgenommen wegen schwerer Körperverletzung und Widerstand gegen Vollstreckungsbeamte. Er kam auf mich zu, packte mich am linken Arm und drehte mir diesen nach hinten.

Sie hatten nur darauf gewartet nach dem Unfall und alle anderen Reaktionen provoziert. Aber der „Rebell" weiß um seine Freiheit zu kämpfen, zumal dann, wenn er sich im Recht fühlt. Von psychologischer Schulung der Polizei konnte man in dem Fall keinesfalls reden.

Da ich in diesem Arm eine Fraktur früher hatte und dieser bis heute nicht mehr so dehnbar ist, verspürte ich einen höllischen Schmerz im Arm und entriss mich aus seinem Griff. Aus Reflex und Wut trat ich im Umdrehen zu und traf ihn mit dem beschuhten Fuß, ohne Schnürsenkel darin, im Unterleib.

Da war die Retourkutsche, die aber Folgen hatte. Was die Polizei darf, ist dem Bürger noch lange nicht gestattet. Alle Gewalt geht vom Staate aus und Selbstjustiz auch nicht erlaubt. Die Rebellion ist auch untersagt, da wir eine wehrhafte Demokratie haben.

Er sackte zusammen und schrie vor Schmerzen. Sein Kollege, der über Funk schon Verstärkung gerufen hatte, kam hinzu. Viele Anwohner und Bekannte aus dem besetzten Haus hatten die Situation mitbekommen und einige nahmen dies auch zum Anlass, sich einzumischen.

Da ist doch Solidarität, wenn es um Unrecht geht, und man muss nicht nur meinen, das sei getüncht. Man schießt mit Kanonen auf Spatzen und will ein Exempel statuieren. Es knallte richtig, wie damals in der Szene üblich.

Ein Mitbewohner schlug auf den anderen Polizeibeamten ein. Die Verstärkung rückte nach und nach aus den umliegenden Polizeirevieren ein. Es waren am Ende acht Polizeiwagen und zwei Polizeibusse mit zahlreichen Beamten.

Der Staat und auch die Psychiatrie gewinnt immer durch die Übermacht. Es ist kein faires Verhältnis, wie noch im Wilden Westen, aber zum Glück sind diese Zeiten ja auch vorbei. Die Fäuste sind manchesmal fairer und besser als Waffen.

Man nahm fest, den Mitbewohner und noch einige, die sich einmischten oder Parolen sangen. Als ich schon die Handschellen anhatte, lief wieder der Film vor meinen Augen ab, sie würden mich in die Klapsmühle stecken und mit Arznei abfüllen.

Es war eine reale Furcht, denn das Leben besteht auch aus Erfahrungswerten. Man verarbeitet die Vergangenheit und projiziert sie in die Gegenwart und Zukunft. Warum sollte es dieses Mal anders kommen?

Ich bekam panische Angst und schaffte es nochmals aus dem Polizeiauto herauszukommen. Ich ließ meinem ganzen Hass und meinem Zorn freien Lauf und trat in die Polizeiwagen rein. Rücklichter, Dellen etc. waren kaputt und ich sollte diese später vom Innenministerium in Rechnung gestellt bekommen.

Das normale Procedere. Der Verhaftete trägt alle Kosten seines Zorns, der Staat nicht. Es sind viele unverarbeitete Ängste, die Grundlage für aggressive Verhaltensweisen sind. Sigmund Freud hätte an dem Schauspiel seine Freude gehabt.

Man verteilte uns in verschiedenen Polizeiwachen auf Zellen. Ich machte eine Dienstaufsichtsbeschwerde über die Vorgehensweise der ersten beiden Beamten wegen unterlassener Hilfeleistung an meinem fast verbluteten Kollegen.

Das war jetzt die legale Vorgehensweise, die aber meist keinen Nutzen hat. Es verläuft im Sande. Die Kriminellen sind immer schuld und verfügen über kein hohes Prestige. Zum Glück hat der Kollege überlebt, andererseits hätte sich sonst die Affäre hochgespielt.

Am nächsten Morgen um fünf Uhr ließ man mich laufen, nachdem Fotos und Fingerabdrücke genommen wurden und ich gesagt bekam, dass in der Sache gegen mich ermittelt wird. Ich lief wieder ins besetzte Haus und ging schlafen.

Die Sache war also nicht ausgestanden und sollte noch einen negativen Beigeschmack bekommen. Wenn die Beamten zweimal die Knarre zücken, hat das in der Regel immer ein Nachspiel. Sie fühlten sich bedroht und nicht mehr sicher.

Der Mitbewohner bekam auch ein Ermittlungsverfahren, jedoch bekam er die spätere Verhandlung nicht mehr mit. Nachdem seine Freundin an einer Überdosis Anfang 95 starb, machte auch er sich im März 95 eine Überdosis und verstarb.

Schicksale, die zum Nachdenken anregen. Bevor die Staatsmacht zuschlagen kann, ist das Lebensende schneller. Es zeigt aber auch, welche fatale Folgen extensiver Drogenkonsum haben kann. Eigentlich ist er der Selbstmord auf Rädern.

Einen Monat später, einen Tag nach Weihnachten wurde das besetzte Haus geräumt, ich bekam über einen mir bekannten Makler eine schöne 2-Zimmer-Wohnung, die meisten meiner Kumpels landeten auf der Straße, hin und wieder schliefen sie bei mir.

Keine effektive Existenz, aber der „Rebell" war irgendwie der Chef, der für seine Crew auch einstand und hilfreich war. Anscheinend fiel er immer wieder auf die Füße, wenn da nicht seine Gegner wären, die es doch so gut mit ihm meinten.

Anfang 95 kam ich wieder in die Psychiatrie, wo mir die Flucht gelang. Anfang März kam ich in Untersuchungshaft in der Forensik, da mein Vater den Vorfall von 93 und eine angebliche Erpressung an meiner Mutter von 94 beanzeigte und dies ausreichte, mich vorläufig für längere Zeit aus dem Verkehr zu ziehen.

Die Eltern meinten es nur gut, aber zwischen Forensik und Psychiatrie besteht ein großer Unterschied, denn die Aufenthaltsdauer ist nicht vergleichbar. Aber es zeigte auch die Hilflosigkeit des Umfeldes.

Ich hätte zur damaligen Zeit auch nicht mehr lange überlebt, alleine durch meinen extremen Konsum. Das Verhalten an dem Polizisten und die ganze Situation hatte ich nicht mehr zu steuern vermag. Es tut mir leid, was ich da angerichtet hatte.

Da sind eben die zwei Punkte, die für eine Einweisung in die Forensik relevant. Habe ich die Einsicht in meine Tat und war ich steuerungsfähig? Das eine kam später, das andere bestand nicht, unzurechnungsfähig, Klappe für Jahre zu!

Die Person, die das Messer in die Hand bekam, konnte später nie mehr Gitarre spielen, er wurde zum Sozialfall. Viele der damaligen Freunde sind heute nicht mehr am Leben oder begannen später eine kriminelle Laufbahn.

Es ist ein Elend, was angerichtet wurde. Das eine war Spaß, das andere zeigt, dass autonomes Leben doch nicht immer so gestaltet werden kann, sich frei zu bewegen und nicht mit dem Gesetz in Konflikt zu geraten.

Die beiden Polizisten hatten wohl einige Tage Krankenschein und traten danach wieder ihren Dienst an, wurden auch später befördert. Von der Dienstaufsichtsbeschwerde hörte ich nichts mehr.

Das hat mit Gerechtigkeit wirklich nichts zu tun. Noch Zuckerbrot für das Verhalten des Staate und keine Antwort auf eigene Rechte der Beschwerde. Aber einem, der in der Forensik weggesperrt wird, glaubt man eh nicht mehr. Er ist ein Mensch zweiter Klasse.

Ich möchte noch anmerken, dass ich zu dem Polizeibeamten keinen persönlichen Bezug hatte und dass ich mich im Jahre 2001 bei der letzten Festnahme persönlich bei ihm entschuldigt habe, jedoch wurde dies von seiner Seite nicht so angenommen. Er sagte zu mir, dass die fünf Jahre Maßregelvollzug noch viel zu wenig gewesen sind.

Da ist sehr viel zerbrochen, oder vielleicht nie etwas Zwischenmenschliches da gewesen, leider muss man sagen, wenn die Staatsgewalt so gefühllos agiert und nicht einmal im Nachhinein verzeiht und flotte Sprüche loslässt.

Mittlerweile bin ich zeitmäßig über zehn Jahre im Maßregelvollzug, vielleicht genügt ihm ja dies. Aber es geht ja auch nicht unbedingt nur um den zeitlichen Freiheitsentzug, sondern es geht ja auch darum, dass ich in der Zeit etwas lerne, damit nicht nochmal so was passiert und ich habe den Eindruck, dass bei mir etwas passiert ist, wenn es auch lange gedauert hat.

Gut Ding will Weile haben. Alter Spruch, der aber auf die Forensik auf jeden Fall zutrifft. Es wird manches ausprobiert, auch medikamentös, es wird beobachtet, es wird moniert, es wird die Pistole auf die Brust gesetzt, es werden Chancen gegeben, aber auch bei Untherapierbarkeit die „Beerdigung" vollzogen.

Nachdem ich am Fassenddonnerstag morgens auf Tour ging, endete diese am Sonntag Nacht mit der Straftat, die mich später wieder in den Maßregelvollzug gebracht hat. Nachdem ich mit Freunden gezecht und gekokst hatte, ging ich gegen 22 Uhr noch alleine nebenan in die Gaststätte.

Man kann sich schon vorstellen, was wieder kommt. Aus den fünf Jahren nichts gelernt, der Druck war zu groß, ihm standzuhalten. Wenn auch immer Menschlichkeit zu beachten ist und die besonderen Umstände, so war es ein Verstoß gegen die Bewährungsauflagen.

Nach ein paar Drinks schlief ich am Buffet auf dem Hocker ein. Ich wurde erst wieder wach, als sich zwei Gäste laut stritten und mit Hockern aufeinander losgingen. Ich ging dazwischen und versuchte die beiden zu besänftigen, was mir auch gelang.

Es zeigte sich wiederum das soziale Verhalten auch in der Gewalt. Besser und klüger ist es sicherlich, sich aus den Streitigkeiten herauszuhalten, aber der „Rebell" kämpfte nicht nur für sich selbst, sondern auch für andere.

Die Bedienung bekam diese Aktion mit und sagte, sie müsse die Polizei rufen. Aufgrund meines toxischen Zustandes und der Tatsache, dass ich Betäubungsmittel dabei hatte, war ich ganz und gar nicht damit einverstanden, dass sie die Polizei verständigt.

Wieder das Dilemma der Angst, von der Staatsmacht sanktioniert zu werden, obwohl man nur helfen wollte, aber es fehlte die „Sauberkeit" einer Durchsuchung standzuhalten.

Wir gerieten in Streit, wobei ich sie in den Schwitzkasten nahm und sie vor die Tür zerren wollte, um mit ihr zu reden und ihr meine Situation hinsichtlich meiner Bewährungsauflagen zu erklären. Kurz vor der Eingangstür kommen wir beide ins Fallen. Ich fiel auf sie und sie bewegte sich wieder hinter die Theke. Auch ich torkelte zur Theke und bestellte noch einen Whiskey.

Es ist ein Fass ohne Boden. Anstatt besser noch die Flucht anzubahnen, ist jetzt jeder Eskalation freien Lauf gelassen. Die Situation ist nicht mehr steuerbar, die Vernunft steht hintenan. Der „Rebell" wird zum Kämpfer des Nichts.

Sie fing wieder damit an, dass sie die Polizei rufen müsse und ging zum Telefon. Jetzt platzte mir der Kragen, ich ging hinter die Theke, riss ihr den Hörer aus der Hand und gab ihr eine Backpfeife. Sie ging in die Küche und nahm ihr Handy aus der Tasche. Auch ich ging in die Küche und machte die Küchentür zu.

Jetzt geht es richtig los. Die Backpfeife hat schon gereicht. Warum ist er der Situation nicht entflohen? Es ist ein Akt der Gewalt, wo die Umwelt reagieren muss, wie man selbst denkt und fühlt.

Da es recht dunkel war, konnte ich sie nicht mehr richtig sehen und stürzte selbst über ein Hindernis in ein Regal hinein. Die Tür ging auf und die Bedienung lief mit dem Handy raus in Richtung Damentoilette. Durch den Sturz hatte ich mich am rechten Mittelfinger verletzt und blutete stark.

Er war volltrunken und damit auch nicht mehr zurechnungsfähig, obwohl trotz des hohen Konsums die Erinnerung Bestand hielt. Das ist sowieso überraschend, wie das Gedächtnis über Jahre so gut, auch in Details, funktioniert.

Ich setzte mich an die Theke und trank meinen Whiskey weiter und beleidigte lautstark die Bedienung. Einige Minuten später kam dann die Polizei und sie holten die Bedienung von der Damentoilette. Sie heulte und zeigte mit dem Finger auf mich.

Die Lage war klar. Der „Rebell" war wieder der Schuldige, obwohl es „nur" eine Backpfeife war, aber es sollte reichen, sein Register wieder voll auszuschöpfen. Die Bedienung war nicht seine Freundin und hatte sicherlich auch provokativ überreagiert.

Ein Polizeibeamter kam auf mich zu und wollte meine Papiere sehen. Ich sagte, ich hätte keine, ich wäre kubanischer Einwanderer und lachte, ich fand das witzig. Sie gingen mit mir vor die Kneipe und ich gab ihnen meinen Ausweis.

Das Verhalten war sicherlich nicht sehr überlegt, aber geprägt von dem Hass gegen die Staatsmacht. Aber wenn man versucht, sie auf die Schippe zu nehmen, regieren sie meist ungehalten und nicht vorteilhaft für den Angeklagten.

Sie schrieben meine Personalien auf und sagten, ich solle nach Hause gehen und meinen Rausch ausschlafen, ich hätte es ja nicht weit, ich würde ja direkt nebenan wohnen. Sie machten keinen Alkohol- oder Drogentest und ich ging nach Hause und legte mich ins Bett und schlief darauf ein.

Das war noch human, aber die Beamten wollten die Situation nur entspannen. Die Sachlage war in der Bewährung prekär und sollte Folge haben, die man sich ausrechnen konnte, wenn man mit dem Gesetz schon einmal in Konflikt geraten war.

Sechs Wochen später verhaftete man mich wegen dem Vorfall und seitdem sitze ich wieder in der Forensik. Das hört sich im ersten Moment gar nicht so schlimm an, jedoch war mein Verhalten ganz und gar nicht in Ordnung.

Es stellt sich eben die Frage, ob das überhaupt vorgefallen wäre, wenn kein Alkohol oder Drogen im Spiel gewesen wären. Es entstehen eben zwei unterschiedliche Persönlichkeiten, es hat etwas Schizophrenes, und deswegen auch die Forensik.

Ich habe lange nicht geschlafen gehabt, stand unter Alkohol- und Kokaingenuss und legte auch ein aggressives Verhalten an den Tag, so dass ich eindeutig gegen die Bewährungsauflagen verstoßen habe.

Das ist Fakt und damit Voraussetzung für die erneute Inhaftierung. Entgegen der heutigen Situation hatte der „Rebell" bei der ersten Entlassung noch nichts dazu gelernt gehabt. Er verfiel in alte Verhaltensweisen, die zum Scheitern führten.

Mir war auch nicht bewusst, was da genau abgelaufen ist, da mein Erinnerungsvermögen an diesem Abend sehr eingeschränkt gewesen ist. Ich kann auch nicht ausschließen, dass sich der Vorfall anders abgespielt hat, weil ich in dem Zustand ein gestörtes Auffassungsvermögen hatte.

Hier war eine Einschränkung gegeben gegenüber anderen Straftaten, die noch genau geschildert werden konnten. Aber Fakt bleibt die Körperverletzung und die Bewährung plus Drogenkonsum. Die staatliche Konsequenz war nachvollziehbar.

Die Bedienung hatte wohl Angst vor mir und war wohl auch seelisch sehr verletzt, da sie davon ausging, dass wir Freunde sind und ich sie beleidigte, geohrfeigt und eventuell in das Regal gestoßen habe und damit sehr gedemütigt.

Jetzt eventuell, aber es gibt ja Zeugenaussagen der Bedienung und Besuchern der Gaststätte. Die Objektivität ist schon nachweisbar und sie stehen nicht gut für ihn. Ein Filmriss ist nicht Entschuldigung für die Tat.

Sie hatte wohl auch kein gutes Gefühl, dass so viele Gäste die Situation mitbekamen, das war wohl nicht gut fürs Geschäft. Mein Verhalten war total daneben und ich hätte sie nicht angreifen und beleidigen dürfen. Es tut mir leid, dass sich die Situation so dumm entwickelt hatte, das war nicht meine Absicht.

Es fehlte eben die Steuerungsfähigkeit, obwohl im Nachhinein immer die Einsicht stimmt. Der „Rebell" sagt von sich, dass er kein Krimineller ist, aber drogenabhängig und dadurch resultierend Taten, die gegen das Gesetz verstoßen. Im Grunde liebt er aber die Menschen und ist hilfsbereit.

Jedoch im Nachhinein bedroht habe ich sie persönlich nicht. Nachdem sie meiner damaligen Lebensgefährtin ihre Telefonnummer gab, habe ich sie einmal angerufen und für den Vorfall entschuldigt und darum gebeten, die Anzeige doch zurückzuziehen, da für mich erhebliche Konsequenzen entstehen würden und wir uns auch finanziell einigen könnten.

Das ist ein guter Täter-Opfer-Ausgleich, aber eben mit dem Hintergedanken der Rechnung Null-Auf-Null mit finanziellem Anreiz. Das funktioniert nicht immer und Reue muss auch gepaart sein mit der Möglichkeit, für seine Taten einzustehen.

Ob sie wirklich bedroht wurde, von irgendwelchen anderen Personen kann ich nicht sagen und ich weiß auch bis heute nicht, wer das gewesen sein soll, der sie angeblich telefonisch bedroht haben soll.

Alles liegt im Vagen, weil Erinnerungslücken aufgetaucht sind. Es ging zu schnell und somit entstehen Phantasien und man weiß nicht mehr, was man selbst tat und, oder andere. Für die Situation des Bewährungswiderrufs natürlich fatal.

Ich habe nunmehr seit über fünf Jahren mich mit der Situation an diesem Abend beschäftigt, als ich ihr in die Küche folgte, ich kann mich bis heute nicht daran erinnern, sie in ein Regal gestoßen oder ihren Kopf gegen ein Regal geschlagen zu haben.

Es ist ein Grübeln und Grübeln, wo eigentlich nur handfeste Aussagen anderer helfen, die Lage zu klären und die Wahrheit ans Licht zu bringen. Man sollte aber die Lehre ziehen, immer bei klarem Verstand ohne Drogen zu bleiben.

Die Zeugen vor Gericht hatten diese Situation auch nicht gesehen, sie hatten lediglich Geräusche gehört, die von meinem Sturz im Regal kommen konnten. Ich kann und werde wohl niemals dahinter steigen, was da genau in der Küche passiert ist, jedoch, wie schon gesagt, ich kann es wohl auch nicht ganz ausschließen, dass da wirklich eine schwere Straftat passiert ist.

Wenn keiner etwas genaues gesehen hat, kann wohl nur die Bedienung aufklären, aber sie ist ja befangen und wollte die gesamte Situation sicherlich auch nicht entspannen. Der „Rebell" war vorbelastet und somit zur Rechenschaft gezogen.

Hier eine Auflistung der Verletzungen der Rebellion:

1986: Bänderdehnung rechts: Salben, Tapverbände, Krücken
        Olecranonfraktur links: Operation am linken Ellenbogen, acht Wochen
            Gips

1987: Bänderdehnung links: Salben, Tapverbände, Krücken
        Handgelenksbruch links: drei Wochen Gips

1988: zwei Rippenbrüche. Salben , Krankenschein, Ruhestörung
        Handgelenksbruch rechts: drei Wochen Gips

1989: Nasenbeinbruch, Kieferbruch oben, Zahnbruch, Kieferspange

1990: Bänderdehung links. Salben, Tapverbände
        Tripper: Spritze, Tabletten
        schwere Gehirnerschütterung: 14 Tage Krankenhaus

Bruch des Brustbeins links. 14 Tage Krankenhaus jeweils nach Autounfall

1991: starke Schnittverletzungen. Genäht
Tripper: Spritze, Tabletten

1993: Folgen einer Schlägerei: zwei Rippenbrüche, Trommelfellverletzung rechts

Dies ist nur Auszug der Folgen durch Überbeanspruchung des Körpers bei den mehrfachen Körperverletzungen bis 2003, wobei die chronologische Auflistung der psychiatrischen Aufenthalte und deren Folgen noch später beschrieben wird.

Veränderung

Ich bin sehr wohl in der Lage, Instabilisierungsfaktoren zu erkennen. Instabilität entsteht durch gehäufte Missverständnisse, Kommunikationsprobleme, Unzuverlässigkeit, zumindest beobachte ich dies in der letzten Zeit sehr gehäuft auf der Drogenstation.

Man kann eine bessere Wahrnehmung feststellen, was außen abläuft. Die Welt wird nicht mehr nur subjektiv gefärbt gesehen, sondern in einer realistischen Abwägung des Für und Wider. Vor- und Nachteile werden abgewägt.

Inkompetenz und Intoleranz sind hier an der Tagesordnung. Es werden hausgemachte Regeln in den Vordergrund gestellt, deren jegliche logische Nachvollziehbarkeit zu wünschen übrig lässt. Aber ich möchte diese Anmerkungen nicht verallgemeinern, sondern beziehe mich hier auf einige Mitarbeiter im Pflegedienst, die meiner Meinung nach noch nicht verstanden haben, was überhaupt ihre Aufgabe ist, ihr Beruf.

Die Rebellion bleibt unterschwellig bestehen. Es werden Missstände angeprangert, Vorschläge zum Besseren gemacht. Er ist eben ein Kämpfer, der sich für andere und seine Interessen einsetzt. Immer wird eine Messlatte gesetzt, die an Jeden in Arbeit eine Berufung setzt.

Dies erkenne ich durch meine Klarheit, meine Menschenkenntnis und auch durch meine Erfahrung in über 13 Jahren stationärem Aufenthalt in Krankenhäusern aller Art. Die Art und Weise, wie hier verfahren wird, hat in höchstem Fall etwas mit „Amateuren" zu tun.

Der „Rebell" kann sehr wohl differenzieren und sieht sein Umfeld mit klarem Verstand, eben ohne Drogen und Alkohol. Dann ist sie eben nicht mehr rosa-rot, sondern brauner gefärbt. Das eigene Schicksal der Abhängigkeit wird bewusst und tut weh.

Ich nehme hier die Therapeuten raus aus der Verantwortung, dies sind Instabilisierungsfaktoren des Einzelnen des Pflegepersonals, unter denen die Patientengemeinschaft hier zu leiden hat. Sturheit, Machtspielchen, fehlende Empathie, kein Fingerspitzengefühl, Neid sind nur einige Faktoren, die mir auffallen.

Es sind schon schwere Vorwürfe, aber sie haben eine Ursache. Die Patienten werden nicht menschgerecht behandelt. Wie schon einmal gesagt, sie werden als kranke Verbrecher als Klientel zweiter Klasse behandelt.

Klar kann ich in Freiheit diesen Faktoren begegnen, jedoch habe ich da die Möglichkeit diesen Leuten aus dem Weg zu gehen, hier drinnen ist es Alltag, seit vielen Jahren schon. Das macht es für mich und auch viele andere Mitpatienten fast unmöglich, hier eine gescheite Therapie zu machen, die Hand und Fuß hat.

Es wird nicht nur die eigene Veränderung klar, sondern auch das Sinnen nach neuen Strukturen im Umfeld. Es zeugt von Intelligenz und Mut, dies schriftlich im Maßregelvollzug zu verfassen, denn es kann das Todesurteil sein.

Ich versuche dies trotz der schwierigen Umstände, wenn mir auch einiges nicht schmeckt. Draußen sind die Instabilisierungsfaktoren vor allem die Verlockungen durch Alkohol und Drogen und der Stress im Alltag, der aber für alle Bürger im Land gestiegen ist.

Den Verlockungen muss man widerstehen: Nicht im Paradies in den Apfel beißen. Es ist glaubhaft verstanden worden, dass Veränderung nur von innen geht und dann nach draußen getragen werden kann.

Ich denke, allgemein bin ich auf einem guten Weg, da ich sehr vorausschauend denken kann und ich mich in meinem privaten Umfeld, im Gegensatz zu hier drinnen, relativ gut verlassen kann. Ich, in meiner Person, bin eigentlich sehr verlässlich. Wenn ich Instabilisierungsfaktoren erkenne, schaffe ich mir diese vom Hals.

Das soziale Netz ist sehr wichtig und funktioniert. Das ist schon einmal ein guter Pfad, der beschritten werden kann. Nichts ist schlimmer als schlechte Gesellschaft, denn die verführt und mündet unweigerlich in Rückfällen.

Es wird eine betreute Wohnung oder betreutes Einzelwohnen oder eine Übergangseinrichtung eingeplant. Ich denke, durch den überraschenden positiven Behandlungsverlauf seit 8.11.2005 ist das nicht mehr notwendig.

Dass ist auch so zu sehen. Der „Rebell" kann sich durchsetzen und selbst versorgen. Er hat ein gutes Umfeld und funktionierende Familienbeziehungen. Er ist eben auf einem guten Weg, der jedoch jederzeit stabil gehalten werden muss.

Da ich in lebenspraktischen Defiziten große Fortschritte gemacht habe und auch ich mittlerweile eine Struktur entwickelt habe, in der ich mich wohlfühle, ist diese Überlegung zur Zeit nicht mehr notwendig.

Das ist ein gutes Zeichen und wirklich Veränderung zu dem vorherigen Leben, das gezeichnet war von Alkohol und Drogen. Jetzt ist Einsicht gegeben und somit auch ein straffreies Leben in Aussicht.

Da ich fast ohne Psychopharmaka bin und auch seit dem Zeitpunkt endlich wieder meine eigene Persönlichkeit ausleben kann, denke ich, dass ich sehr wohl in der Lage bin, meinen Alltag in Beruf, Sport, Haushalt, Freizeit selbst zu gestalten.

Selbst ist der Mann, wie es so schön heißt. Das ist auch ein Zeichen von Männlichkeit, unabhängig von anderen Entscheidungen zu treffen und Leben sicher zu machen. Sicher vor den schlechten Verlockungen der Umwelt.

Auch stehe ich seit August 2000 nicht mehr unter Vormundschaft. Auch das Insolvenzverfahren ist im Juli 2009 abgeschlossen, so dass ich die anfallenden Kosten für Treuhänder, Gericht und andere Gebühren, die in Zusammenhang mit der Privatinsolvenz anschließend auf mich zukommen werden, in monatlichen Raten zahlen werde.

Das ist auch ein Schritt zur Selbständigkeit und Verantwortung. Auf eigenen Füßen stehen, sowohl menschlich wie finanziell. Dadurch ist Neues aufbaubar und diese Wege sind durch Trennung von Altem, ob Materie oder Menschen möglich.

So ist es für mich zur Zeit gegeben, dass ich wieder in einen eigenständigen Haushalt entlassen werden möchte. Auch bin ich über die ständigen Veränderungen in der Gesellschaft (Gesetze, Reformen) bestens informiert.

Dass er ein helles Köpfchen hat, ist unbestreitbar. Er war nicht umsonst auf dem Gymnasium und hat Führungsqualitäten gezeigt. Die sind aber jetzt auch so umzusetzen, dass eine sozusagen bürgerliche Existenz aufgebaut wird, dazu fehlt manchmal noch der Wille und die Hilfsmittel.

Nach einem Jahr Probewohnen mit ambulanter Betreuung möchte ich auch über einen MPU und Nachschulung meinen Führerschein wieder haben, der seit 1991 mir nicht mehr ausgehändigt wurde, aus psychiatrischen und suchtmittelabhängigen Gründen. Der Führerschein liegt hier auf dem Landratsamt. In den Unterlagen des Sozialdienstes ist ein Schreiben darüber.

Er ist ein Kämpfer und die Auseinandersetzungen mit Behörden gehören sicherlich dazu. Die Wege sind schwer, wenn man einmal in die Mühle des Gesetzes geraten ist. Verlorenes Vertrauen wieder aufzubauen ist ein steiniger Weg.

Das Gesamtbild meiner Entwicklung lässt sich für mich die Bitte daraus schließen, den Behandlungsplan in diesem Punkt abzuändern, der Gutachter wird hierzu sicherlich, denke ich mal, auch Bezug nehmen. In einer betreuten Einrichtung kommen die Behandler sowieso nicht klar mit meinem Temperament oder meiner Persönlichkeit.

Das zeigt eine Crux der Forensik. Oft werden die Problemlosen, die leicht verkaufbar sind für Wohnheime, dort hineingesteckt, obwohl die Gefährlicheren, zu denen der „Rebell" sicherlich zählt, dort nicht aufgenommen werden. Es gibt wohl keine Gerechtigkeit!

Bin ich heute noch pubertär oder erwachsen? Seit fünf Jahren kann ich sagen, dass ich klar und erwachsen bin, obwohl die Pubertät schön war.

Jeder, der einmal über die Strenge geschlagen hat, hat etwas Jugendliches in sich und möchte die Welt erobern oder bekämpfen. Es gibt auch eine jugendliche Verrücktheit, die sich lange durchziehen kann, vielleicht bis zum Tod.

Früher, wenn ich einen Gewinn machte, habe ich alles verkokst, verdrogt, verzockt, verhurt, verspielt. Heute belasse ich mir den Rest des Monats, um im Spielkasino einzulaufen oder mich an Sportwetten zu beteiligen.

Nur die Dimension hat sich eigentlich geändert. Es ist eindeutig Suchtverlagerung, aber zum recht Harmlosen und Legalen. Ohne Drogen kann keine Gesellschaft existieren und ohne Laster kann auch kein Mensch leben, denn dann wäre es keins.

Ich brauche keinen Alkohol mehr, gehe wenig weg, brauche auch keine Drogen mehr. Die intensive Therapie hat etwas gebracht und ich bin auch kein Blender. Schauspieler gibt es genug.

Nach den Zungen des Therapeuten zu sprechen, ist eben häufig auffindbar und auch die Biografie ist ein Hilferuf: Ich bin nicht schlecht! Jeder hat eine zweite Chance verdient, manche die dritte.

Mein Verhältnis zu Autoritäten ist immer noch schwierig. Die Aggressionen gehen noch innen. Ich bleibe ein Vulkan, aber es geht nicht mehr nach außen. Jedoch hatte ich letztens im Praktikum Schwierigkeiten mit dem Gesellen, wobei ich weggegangen bin und mich beschwert habe.

Früher hätte es geknallt. Man hat dazugelernt. Probleme sind lösbar, auch wenn man oft auf der Strecke bleibt. Niederlagen müssen verkraftet werden.

Forensik und Regeln

Ich kam also im März 1995 in U-Haft und wurde auch ein Jahr später verurteilt zu einer Unterbringung nach Paragraph 63. Nach großen Problemen in der ersten Unterbringungszeit wurde ich später nach und nach gelockert und wurde dann auch im April 2000 bedingt entlassen. Unter Auflagen hatte ich die Chance, mich draußen in Freiheit zu bewähren.

Das Hauptproblem war nicht gelöst. Er war resistent gegen das Drogenproblem und hatte keine Einsicht, die später sehr wohl vorhanden war. Die Einstellung ist das Wichtigste, um aus dem Drehmenz herauszukommen.

Ich habe die medikamentöse Behandlung oft als emotionale Zwangsjacke erlebt. Aber hier bin ich guter Dinge, dass sich dieses Defizit in Zukunft bessert, da ich seit einiger Zeit wieder intensive Erfahrungen auf emotionaler Ebene mache und dies durch die Zeit des Erlebens sich wieder auf ein normales Empfinden und Erleben stabilisiert.

Sehr gute Worte, die aber wirklich so empfunden werden? Es hört sich manchmal auswendig gelernt an, ohne jedoch unterstellen zu wollen, dass es Schauspielerei ist. Die gibt es gerade bei Drogensüchtigen zu Hauf.

Dadurch verändern sich auch Reaktionen auf meiner Seite in der nächsten Zeit, falls ich stabil bleibe und auf medikamentöse Unterstützung vorwiegend verzichte und lerne Dinge und Momente auszuhalten, zu verarbeiten und mein Umfeld dadurch nicht unnötig zu belasten.

Sich aushalten, ist ein wichtiger Moment im Leben. Nicht jeden Tag geht es gut, nicht jeder Tag bringt Freude, von daher ist eine gewisse Stabilität vonnöten, um konfliktfrei durchs Leben zu kommen.

Im folgenden plant der „Rebell" seine Resozialisierung in der Forensik:

> Erprobung unbegleiteter Ausgänge
> psychologische Weiterbetreuung für auftretende Krisensituationen
> Verlegung auf eine Rehastation
> Tagesbeurlaubung, später Wochenendbeurlaubung und danach Probewohnen
> schrittweise Verlängerung der Arbeitszeit von halbtags auf Vollbeschäftigung
> sportliche Rehabilitation (Krankengymnastik, Beweglichkeit, Ausdauer, Kraft)
> eigenständiges Aufpassen auf Essverhalten (weiter Gewichtsreduzierung)
> soziale Bedingungen aufrecht erhalten (Familie, Freunde)
> Abstinenz (erste Voraussetzung für alle Planungen)
> Gewaltfreiheit (zweite Voraussetzung für alle Planungen)
> nach der Entlassung wieder eine Beziehung eingehen (evtl. mit Kindern)
> bei Auftreten psychischer Probleme freiwillig Hilfe aufsuchen
> Gesundheit

Die Schritte sind sehr detailliert und wohlüberlegt aufgelistet und zum Glück in den letzten sechs Jahren auch so aufgetreten. Es zeugt von hohem Intellekt und planerischen Fähigkeiten, die neben der Dominanz in der Persönlichkeitsstruktur auch viel Ratio zeigen.

Das sind hier einige wichtige Punkte und Ziele, die ich einhalten möchte und Schritt für Schritt erzielen will. Dieses strukturell zu lösen, dürfte mir nicht unbedingt Probleme bereiten. Dies sollte in einem überschaubaren Zeitraum von maximal drei Jahren möglich sein und sollte die Voraussetzungen schaffen, später wieder in Freiheit, nach einer langen Durststrecke, ein geregeltes Leben zu führen.

In der Zeit hat er sich vertan, wie viele in der Forensik, aber es geht nur peu a peu und mit Zwischenzielen. Geregeltes Leben, das ist wohl wichtig, sowohl im Tagesablauf als auch in partnerschaftlicher und finanzieller Hinsicht.

Hier auf der Station 3 gibt es sehr viele Regeln. Viele dieser Regeln sind sinnvoll und auch nachvollziehbar. Jedoch gibt es auch einige Regeln, die für mich nicht nachvollziehbar sind und wo mir auch die logische Erklärung fehlt.

Aber für einen Patienten ist nicht alles erklärbar. Oft sind psychologische Untersuchungen Grundlage der Regeln oder einfach die Sicherheit. Leichter fällt es Patienten, die die Ordnung einfach hinnehmen und nach ihr leben.

Jedoch ist das draußen in Freiheit auch nicht anders, es gibt viele Verordnungen, Gesetze, Vorschriften, über die man sich auslassen kann, jedoch sind sie verbindlich. Wichtig ist, dass man diese einhält, egal ob sinnvoll oder nicht.

Das ist eben der leichtere Weg, der unrebellische, aber es juckt immer in den Pfoten, sich aufzulehnen, gerade wenn man ein Kämpferherz hat. Was wäre die Welt ohne Veränderung von Regeln? Der Staat gibt jedes Jahr hunderte neue Gesetze heraus.

Jedoch starte ich des Öfteren den Versuch, unnötige Regeln zu ändern. Mit der richtigen Argumentation ist es mir auch schon einige Male gelungen. Hier drinnen ist fast alles vorgeschrieben. Das fängt an bei einer Hausordnung, geht weiter in Stationsordnung und vielen Ordnungen für die verschiedenen alltäglichen Dinge (Kochen, Einkauf, Sport, Kleidung, Elektrogeräte, Medien, TV, Schriften, Post, Ausführungen etc.), dann kommen noch die verschiedenen Dienstvorschriften und die verschiedenen Sichtweisen der Berufsgruppen zusammen.

Da hat auch der „Rebell" keine Chance, ein Zuwiderhandeln wird sofort bestraft. „Die kriegen jeden klein", hat einmal ein Insasse erkannt. Es ist auf Dauer chancenlos, sich aufzulehnen, wie früher im Konzentrationslager, als der Paragraph schon angewandt wurde.

Es gibt für alles Pläne und auch Bedenken. Für neue Patienten ist das sehr schwierig, hier durchzublicken. Dann gibt es noch ein Maßregelvollzugsgesetz, juristische Vorschriften, Gesetzestexte und auch gutachterliche Vorschriften und Empfehlungen.

Man kann sich einarbeiten, aber letztlich ist der Insasse rechtlos, da alles therapeutisch wegdiskutiert wird. Ein harmonisches Verhältnis ist anzustreben, um erfolgreich auf das Ziel Entlassung hinzuarbeiten, wobei immer wieder Punkte kommen, wo bewusst provoziert wird.

Für einen Laien ist dies ein ganz undurchsichtiger Katalog, der auf vieles Unverständnis stößt, auch beim Pflege- und Sicherheitspersonal, sowie bei Arbeits- und Beschäftigungstherapeuten und Sportlehrern gibt es viele Dinge, die man nicht genau weiß, aber die Koordination des Ganzen gibt es auch nicht besser her.

Undurchsichtig, aber doch mit dem Ziel, die Persönlichkeit zu beugen, so dass erst lange nach Entlassung alte Fähigkeiten wieder zum Vorschein kommen. Unfreiheit, auch ohne Fesseln, wirkt immer nach.

Wenn einmal etwas vorkommt, das nicht schriftlich erfasst ist, wird halt eine neue Regel aus dem Hut gezaubert. Diese neue Regel wird dann erst im Nachhinein durchgesprochen und dokumentiert. Es gibt so viele Regeln, dass selbst das Personal oftmals überfordert ist und auch desorientiert.

Es ist wie im wahren Leben. Sollte etwas passieren, gibt es ein neues Gesetz, das wird aber nicht abgeschafft, wenn der Grund wegfällt. So werden immer mehr die Zwänge größer und der Spielraum geringer.

Falsche Auskünfte und fehlerhafte Kommunikation an die Patienten sind oft Auslöser für verbale Diskussionen und daraus entstehende Fehlverhaltensweisen und Regelverletzungen. Trotz dieses Regelsalates versuche ich mich hier unterzuordnen und diese auch einzuhalten, was oft sehr schwierig ist. Viele dieser Regeln haben auch nach der Entlassung keine Relevanz mehr und wären draußen in der freien Gesellschaft nur hinderlich und würden zu Verhaltensstörungen führen.

Das kann man unterlassen, denn die engen Regeln führen unter den Patienten zu einer Gereiztheit, die sich auflöst, wenn diese sich wieder in Freiheit treffen und Normale um sich haben. Es ist ein eigenes forensisches Dorf mit eigenen Spielregeln.

Ich muss Regeln verstehen, um sie einhalten zu können. Der Katalog ist vielfältig, so dass nicht alle gelten können und somit Konflikte entstehen. Ich rauche aber nur auf dem Bahnhof, wenn niemand belästigt wird.

So bleibt der „Rebell" ein Kämpfer und gehört nicht zu den Deutschen, die Stalin einmal so beurteilt, dass in Deutschland nie eine Revolution entstehen könnte, weil sie nicht über eine Wiese gehen, wenn „Betreten verboten" als Schild steht.

Rebellion

Im 3. Quartal 2006 sollte frühestens eine Nachbegutachtung stattfinden. Laut Planung soll dies nun im Januar 2007 endlich stattfinden. Grund für diese Aufschiebung waren Regelverstöße in Form von Glücksspiel, Pornographie und eine Drohung („Ich ramm dir ein Messer in den Hals") im Januar 2006.

So einfach geht es also doch nicht mit der Anpassung. Ein Kämpfer bleibt ein Kämpfer. Der „Rebell" ist auch ein Genussmensch, der auf die Freuden im Leben nicht verzichten möchte. Sex, Drugs and Rock'n'Roll.

Zu meiner Verteidigung muss ich gestehen, dass die Drohung erfolgte, als ein Mitpatient mir drohte („Du kriegst von mir ne Kugel in den Kopf"), also war dies eine Verteidigung verbaler Art. Pornographie ist ein Thema, das ich schon öfters angesprochen habe, wenn ich auch im Maßregelvollzug einsitze, so habe ich doch ein Recht auf Sexualität.

Klar, das hat er, wenn auch dies offensiv gegenüber der defensiven Haltung bei der Drohung ist. Beides ist verboten und er weiß es, aber die Einsicht erfolgt erst später, wenn die Therapie abgeschlossen ist. Weggehen und an die Regeln halten.

Klar weiß ich, dass hier viele Sexualstraftäter einsitzen, jedoch habe ich auch einen ganz natürlichen, menschlichen Trieb auf sexuelle Befriedigung. Da ich wegen der Situation zurzeit eine feste Beziehung nicht möchte, nehme ich also die Sache selbst in die Hand.

Zu Sexualität gehört aber auch Phantasie, die in keinem Heft steht. Gerade bei erfahrenen Männer sollte das genügen, um sich sexuell voranzutreiben. Der „Rebell" sieht es anders und stößt dann wieder auf seine Grenzen.

Da ich sexuell recht erfahren bin, turnt mich auch ein Pornoheft nicht unbedingt an, jedoch erleichtert es die Sache. Ich denke auch, ich habe das Recht zu onanieren, wenn mir danach ist. Dass ich hiermit (Pornoheft) eine Regel verletzt habe, tut mir leid. Aber es ist nun einmal so gekommen.

Es tut ihm immer im Nachhinein leid, obwohl er es vorher wusste. Das gilt nicht nur für diese kleinen Verstöße, sondern auch die Massen an Körperverletzungen. Späte oder zu späte Reue ist nicht immer glaubhaft.

Thema Pokern (Glücksspiel) habe ich versucht zu besprechen, jedoch habe ich die Erkenntnis gewonnen, dass es besser ist, nicht um Geld oder andere Einsätze zu spielen, da es hier immer wieder zu Situationen kommen kann, die einen stark gefährden.

Aber: Der „Rebell" ist spielsüchtig, denn auch zu heutigem Zeitpunkt besucht er noch das Spielkasino oder spielt regelmäßig Skat um Geld und freut sich über 10 € Gewinn. Es geht eigentlich nur um die Finanzen, die Libido und die Kraft. Prestige kann man aber auch anders gewinnen.

Ich freue mich auf die Nachbegutachtung und hoffe, dass er Fortschritte in Form von positiver Veränderung erkennen kann und mir die Chance gibt, diese auch Schritt für Schritt in Freiheit zu erproben.

Es ist alles eine große Bitte, weil eine „Beerdigung" schon einmal stattgefunden hat. Jeder kann verstehen, dass man um sein Leben kämpft und die Freiheit noch einmal genießen will. Zuerst musste aber ein Schuss vor den Buk kommen.

Ich arbeite hier auch die verschiedenen Defizite in schriftlicher Form auf, damit er sieht, dass ich mich sehr wohl mit der Kritik auseinandersetze und auch die Defizite nach und nach aufarbeite. Jedoch habe ich große Zweifel an der Zuverlässigkeit der Prognosen des Gutachters, denn mir sind hier Personen bekannt, die von ihm begutachtet wurden. Zwei stehen noch aus in schriftlicher Form, drei günstige Prognosen (alle drei gescheitert) und meine ungünstige (auch hier hatte er sich bisher getäuscht).

So geht es manchmal im Leben. Auch hochbezahlte Gutachter können sich täuschen und nicht bis ins Innerste eines Menschen hineinblicken. Jeder Patient muss seinen eigenen Weg gehen, auch wenn es manchmal aus der Rebellion in die weitgehend angepasste, gesellschaftskonforme Lebensart ist.

Eine Aussöhnung mit dem mittlerweile verstorbenen Vater hat stattgefunden. Es war auch ein Ende der Rebellion gegen die Auslagen eines Erziehungsberechtigten, die sich mittlerweile auf 100 € im Monat erhöhten. Dadurch entstand eben ein gutes Verhältnis, das jedoch ein paar Jahre schmorte.

Es steht immer das Materielle im Vordergrund. Nicht die eigene Leistung, sondern die Unterstützung. Wofür bestraft der „Rebell" seine Familie? Für das Leid der Psychiatrie? Für die eigene Labilität?

Ich bin diplomatischer geworden. Ich habe das Reden gelernt, vorher stand die Tat im Vordergrund. Auch das Verhandeln habe ich in der Forensik gelernt.

Das sind ganz wichtige Momente. Wenn auch letztlich die Tat im Vordergrund steht, gerade bei Straftätern, so ist doch auf jedes Wort zu achten. Die schon erwähnte wohlwollende Diplomatie hilft aus der Forensik zu entfliehen. Es ist eine Lebensschule für die Freiheit, eigene Vorstellungen mit denen der Umwelt abzugleichen und einen Kompromiss, zu finden, der für keinen eine Niederlage ist.

Zwei Mal war ich verlobt und will es jetzt wieder tun. Es ist doch ein Hang zum Bürgerlichen, wenn auch nicht zur Ehe, da die Verlobung nur eine Probezeit bedeutet. Das große Fest mit meiner jetzigen Freundin will ich wieder feiern, aber eben mit der Heirat warten.

Es ist ein Abwägen und Taktieren. Wie beim Geld, von einem Kästchen ins Nächste und dann wieder zurück, damit es bis zum Monatsende reicht. Manchmal fehlt die Linie und der letzte Entschluss, um wirklich erfolgreich zu sein.

Andererseits habe ich das Austoben mit Autonomen beendet, denn auch im Bürgerlichen kann man sich austoben, wenn auch mit anderem Kick. Für mich ist auch Musik eine Art der Rebellion und darin finde ich meine Erfüllung.

Der Wunsch auszubrechen besteht immer noch, aber es spielt viel Angst eine Rolle. Angst, wieder in alte Fahrwasser zu geraten und die Tür zur Freiheit wieder zuzuschlagen. Es ist verständlich, aber manchmal muss man sich für eine Seite entscheiden.

Auf der Arbeit habe ich wieder Rebellion und Solidarität bewiesen, indem ich eine Beschwerde bezüglich Arbeitskleidung für Alle aufsetzte. Ich konnte mich durchsetzen und eben im Kleinen Erfolge feiern. Das ist wichtig.

Das kann man nur unterstreichen, aber es sprechen mehr Möglichkeiten aus dem Inneren des „Rebell". Er hat mehr Fähigkeiten, als auf den Scheck der Eltern zu warten, aber auch nichts anderes von Jugend an als Nachzögling gelernt.

Solidarität ist eine ganz wichtige Sache in der Gesellschaft, aber ich kann sie nicht aufbauen zu Leuten und Dingen , die ich nicht kenne oder mag. Ich bin kein Heuchler, kein Politiker, die nur für ihre eigene Absicherung arbeiten und nicht für Ideale.

Neben dem Thema der Solidarität, die in der Gesellschaft immer mehr abnimmt, ist da auch die soziale Gerechtigkeit zu nennen. Sie nahm in den letzten Jahren immer mehr ab, der Profit steht im Vordergrund. Die Bevölkerung zerbeißt sich und wird immer kränker.

Für eine wirkliche Veränderung sind Politiker, Manager, Schriftsteller gefragt. Ich habe keinen Hass mehr und in Rente von der Rebellion. Ich habe meinen inneren Frieden gefunden, denn die Aggressionsgefühle sind ganz weg.

Es ist gut, wenn jemand die innere Ruhe gefunden hat, aber ist da nicht auch Teil Selbstaufgabe. Man muss es verstehen, die Forensik tut ihren Beitrag dazu. Sie macht umgänglich als einzige Chance der Entlassung. Ist der „Rebell" tot? Ja wohl, alt und von gestern!

Clean

Zurzeit bin ich pharmakatherapeutisch recht gut eingestellt. Ich bekomme seit fast einem halben Jahr keine feste pharmazeutische Medikation mehr. Bei Bedarf nehme ich zur Zeit noch zur Nacht eine 25er Aponal, die als Antidepressiva eingeordnet ist und bei mir die Funktion hat, dass ich schlafen kann.

So ganz ohne geht es eben doch nicht, wenn auch leichte Medikamente gegeben werden, die wenig beeinträchtigen und natürliche Wirkungen haben. Ausreichender Schlaf ist sowieso wichtig, wenn man schon einmal erkrankt ist. Der seelische Müll muss abgeschlafen werden.

Da mein Zimmerkollege nachts redet und ich nicht richtig ausgelastet bin, auch wegen des Achillessehnenabrisses, habe ich Probleme nachts durchzuschlafen. Ende August probiere ich es wieder ohne diesen Bedarf.

Bei drogenindizierter Psychose ganz ohne Medikamente auszukommen, ist sicherlich schwierig. Man kann es probieren, aber es bleibt ein Restrisiko. Man muss auch hier Für und Wider abwägen. Viele landen nach Absetzung der Medikamente wieder in der Psychiatrie.

Als Einschlafmedikation nehme ich seit Jahren schon eine Zop. Ob es mir gelingt auch diese irgendwann mal wegzulassen, wird sich rausstellen, aber ich denke, wenn ich körperlich wieder voll ausgelastet bin, kann ich dieses Medikament weglassen, nachdem ich auf eine halbe vorher reduziert habe. Den Zeitpunkt hierfür muss ich verspüren.

Man kann es nicht nur selbst wahrnehmen, sondern die Ärzte sollten auch von ihrem Standpunkt ihr Okay geben. Zuviel ist im Leben passiert, wenn auch jetzt eine neue Situation ohne Drogen eingetreten ist, die neu zu beurteilen gilt.

Beide Medikamente werde ich jedoch auch später immer als Bedarfsmedikation zu Hause haben, für den Notfall. Desweiteren finde ich es nicht für notwendig, mich weiter mit Neuroleptika zu behandeln.

Wenns knallt, helfen aber nicht Aponal und Zop. Dann müssen die Türen zu sein und schärfere Sachen aufgefahren werden. Da sieht der „Rebell" die Lage zu rosig. Vorsicht ist eben doch weiterhin die Mutter der Porzellankiste.

Meine physische, geistige und psychische Stabilität wird sich in der weiteren Behandlung weiterhin stabilisieren. Mein Geist ist sehr klar, meine Psyche ist in Ordnung und meine Physis wird immer besser. Meine Verhaltensauffälligkeiten muss ich für mich selbst erkennen und verändern, egal ob der Anlass für meine Wutausbrüche berechtigt ist oder nicht. In dieser Hinsicht muss ich „cooler" werden.

Cool und Clean, das ist sicherlich etwas, das normale Menschen haben. Und auch sich ein dickeres Häutchen aneignen. Wer aber schon einmal wie im folgenden beschrieben so darniederlag, diese Ziele zu 100% erreicht, ist fraglich und da hilft eben ein Pillchen pro Tag.

Aber es waren in den vergangenen Jahren mehr und die Liste der Medikamente liest sich wie die der Drogen als Doktorhandbuch. Wie hält ein Körper das aus?:

Haldol (Depot und in Tropfen, 1991,94-95,2001,06)
Fluanxol (Depot, 1992-94)
Zyatyl-Z(Infusion in Tropfen (1991,95)
Clianimon (Infusion, 1992-93)
Leponex (Tabletten,1991-92)
Nipolept (Tabletten, 1993-95)
Neurozil (Tropfen, 1991)
Atosil (Tropfen, 1992-93,06)
Truxal (Saft, 1991-98)
Risperdal (Tropfen und Depot, 2001-04,06)

Zyprexa (Tabletten, 2004-06)
Seroquel (Tabletten oder Tropfen, 2003)
Dogmatil (Tabletten, 1996-97)
Aponal (Tabletten, 1991-2006)
Saroten (Tabletten, 1996)
Lithium (Tabletten, 1992-2000): alles Neuroleptika, Antidepressiva, medizinisch verordnet
Diazepam (Tabletten, Tropfen, V-Spritzen, 1991-2003,06)
Rohypnol (Tabletten, 1991-96)
Frisium (Tabletten, 1996-97)
Tavor (Tabletten, 1992-93): alles Benzodiazepime, medizinisch verordnet
Tegretal (Tabletten, 2001)
Dominal (Tabletten, 1991-95,06 bis dato)
Stilnox (Tabletten, 1995-2000)
Zop (Tabletten, 2001-06): alles Schlafarznei
Aspirin (auflösbare Tabletten, 1991-2006)
Novalgin (Tropfen, 1996-2006)
Paracetamol (Ibutropfen, 1995-2006): alles Schmerzmittel
Abilify (06 bis dato)

Seit 2005 bin ich nun weitgehend medikamentenfrei. Es war ein positiver Kampf, wobei Abilify als schwaches Neuroleptikum übrigblieb. Der Gutachter hat mich gesund geschrieben, wobei zu bedenken ist, dass 80 % der Patienten ihre Krankheit ausheilen und 20 % chronisch krank bleiben.

Der „Rebell" hat eine unheimlich positive Entwicklung gemacht, denn sowohl wenn man bedenkt, was er sich an Drogen hineinpfiff als auch er an Medikamenten bekam, kann man wirklich von einer drogenindizierten Psychose sprechen, die nicht ausbricht, wenn kein Missbrauch betrieben wird.

Dissozialer Narzissmus

Nach Rücksprache mit dem Therapeuten sind wir so verblieben, dass er zu dem Punkt der Persönlichkeitsstörung Stellung bezieht. Ich denke, es ist sehr schwierig für jemanden über seine eigene Persönlichkeitsstörung zu berichten, da derjenige sich ja nicht selbst beobachtet und ihm viele Anteile nicht so auffallen, wie dem Therapeut, der darauf geschult ist.

Man lebt ja in seinem eigenen Ich und manchmal ist Fremd- und Selbstbild verzerrt, gerade bei psychiatrischen Diagnosen. Aber letztlich ist auch die Diagnose das Ende der Therapie. In anderen Ländern wird diese gar nicht gestellt, sondern nur das Krankheitsbild beschrieben.

Zur dissozialen Persönlichkeitsstörung ist zu sagen, dass mit Willen und klaren Regeln und Strukturen mir eine positive Veränderung gelingt. Grundsätzlich besitze ich die Fähigkeit mich an Gesetze, Regeln und Ordnung zu halten.

Es fällt ihm aber schwer. Er sieht schon seinen Eigennutz und die persönliche Befriedigung als vordergründig. Ganz aus ist es ja mit Drogen, aber auch in der Klinik, wie schon beschrieben, waren mehrfache Regelverstöße ohne große Einsicht.

Zur narzisstischen Persönlichkeitsstörung ist zu sagen, dass sie sich in den letzten Jahren meines Lebens zu sehr eingebrannt hat. Obwohl mir diese Selbstbezogenheit bewusst ist, fühle ich zu viele Situationen und Entscheidungen persönlich auf mich bezogen.

Es ist eben so, dass er ein Trickser ist und immer den eigenen Vorteil im Visier hat. Es mag seine starke Mutterbindung da grundlegenden Ursprung haben. Dieser finanzielle Ölturm versiegt nie, glaubt man auf jeden Fall.

Oftmals frage ich auch nach, um den Hintergrund einer Entscheidung oder Situation zu hinterfragen, um diese Ich-Bezogenheit auszuschließen. Es ist für mich immer noch sehr schwierig, in verschiedenen Situationen mich adäquat zu verhalten, aber ich denke auch hier tritt eine positive Veränderung auf.

Er kämpft dagegen, es stellt sich nur die Frage, weil er es muss oder will. Narzissmus ist eine tiefe Persönlichkeitsstruktur, übrigens haben sie in der kapitalistischen Gesellschaft die Hälfte der Menschen, und hat ja auch Vorteile, wenn es immer um den eigenen Nutzen geht.

Um ein Beispiel für dissozialen Narzissmus zu nennen: Ich schlug einem Mann den Eichenhocker über den Kopf, weil er meiner Freundin an den Arsch gegriffen hat. Es war unter Alkohol und LSD 1994. Es war alles blutverströmt, er hat sich nicht mehr bewegt, ich hatte Angst, er wäre tot.

Die Freundin war sein Eigentum und somit die Tat für ihn gerechtfertigt. Man findet es häufig bei Patienten der Klinik, dass sie sich um die Frauen prügeln oder geschlagen haben. Mein Reich darf nicht angegriffen werden. Die Selbstliebe ist stark ausgeprägt.

Der Mann hatte eine Schädelprellung. Es folgte aber keine Strafe für mich, weil er nicht zur Verhandlung erschien. Das ist dissozial und narzisstisch. Es spiegelte sich in all meinen Körperverletzungen wieder.

Manchmal hat man Glück, manchmal Pech. Aber letztlich erwischte es den „Rebell" und es steht in allen Gutachten. Die Beispiele der Gewalt zeigen das Unmenschliche oder besser gesagt Unzivilisierte, denn dass Menschen töten können, weiß man ja.

Die Kneipengeschichten waren zu Hauf bei mir, mit Skins, Hooligans, Punks. Der Bericht der Verletzungen liegt vor. Aber das ist alles seit 2003 vorbei. Es gab keine Beteiligung mehr an einer Schlägerei.

So kann man die Kurve doch noch bekommen, dass der dissoziale Narzissmus nur noch schlummert, aber wenigstens nicht mehr in Gewalt ausbricht. Ganz wegzutherapieren ist er nicht als grundlegende Persönlichkeitsdisposition. Narzissmus bleibt Grundlage vieler psychischer Erkrankungen.

Clever, aber nicht cool

Nach vielen Jahren in AA- und NA – Gruppen in Deutschland, Gruppen in Psychiatrien, forensischen Gruppen (kognitive, suchttherapeutische, arbeitstherapeutische) möchte ich hier ausführen, dass ich die Suchtgruppe des Psychologen trotz einiger Anlaufschwierigkeiten erfolgreich abgeschlossen habe.

Er lobt sich selbst und kann sich verkaufen. Sehr fixiert war er stets auf den Psychologen, der ihm den Weg zeigte. Er galt sowieso als der Ferrari unter den Therapeuten. Viele abgeschriebene Patienten haben mit ihm den Weg gefunden, wenn sie „sprangen".

In dieser Hinsicht benötige ich aktuell keine mehr, auch habe ich viele Freunde, die den Teufelskreis der Abhängigkeit verlassen haben. Aber ich weiß, dass die neue Stationsärztin eine verhaltenstherapeutische Gruppe anbietet, die ich auch gerne besuchen möchte, solange ich auf der Suchtstation bin.

Clever ist derjenige, der im richtigen Moment lügen kann. Es ist sicherlich keine Therapiesucht beim „Rebell". Er versucht eben alles mitzunehmen, um gut dazustehen und auch sicherlich etwas für sich herauszuziehen.

Ich bin nicht cool, auch wenn es so scheint. Ich leide unter den Alltagsbelastungen, auch auf der Arbeit. Ich konzentriere mich auf Beziehung und Familie, die ich leiten kann. Sonst bringen schon leichtere Probleme aus dem Tritt.

Als Krisenbewältigung führt er hier Mechanismen an, die auf Abstand beruhen. Er darf nicht alles so nah an sich heranlassen. Aber es ist wirklich so, dass er durch seine weitgehend empathielose Art als cool erscheint, aber das ist eine Ritterrüstung, die schon rostet.

Clever bin ich auf jeden Fall. Das Tricksen benutzt ich zu meinem Vorteil, aber jeder weiß es in meinem Umfeld, so dass mir beim UK keine Chance bleibt. Ich fahre eine gerade Linie, somit war seit 2004 kein UK mehr positiv.

Mit einer geraden Linie kann auch Coolness entstehen, denn dann ist man nicht nur clever, sondern kann auch mit Stolz und Ehre durchs Leben gehen. Der „Rebell" ist auf dem richtigen Weg, eine komplette Persönlichkeit zu werden.

Stressstabilität

Ich bin ein sehr feinfühliger Mensch und ich erlebe oft eine etwas überzogene Gefühlsstruktur. Durch die jahrelange medikamentöse Behandlung habe ich einige Erfahrungen im Gefühlsleben wie ein erwachsener Mann erlebt und habe oft Empfindungen wie ein kleines Kind, die sich auch nach außen so äußern.

Es ist eben eine emotional-instabile Persönlichkeitsstörung, die diagnostiziert wird. Eben nicht cool, wie es auf den ersten Blick scheint, sondern eine nachtragende, leicht zu beleidigende Person, die gern Rache nimmt. Das kleine Kind zeigt sich noch in dem unterstützenden Verhältnis zur Mutter.

Ich habe noch nicht die innere Stärke gefunden, mein Gefühlsleben mit allen Hoch und Tiefs konsequent zu beherrschen. Wo ich große Probleme habe, ist Trennung, Eifersucht, Trauer, Zorn, Wut und Schmerz, wobei ich in diesen Momenten auch weniger Rücksicht auf die Gefühle meiner Mitmenschen nehme.

Die geschilderten Defizite sind typisch für eine Psychose. Starke Eifersucht und die Schwierigkeit, sich freundlich zu trennen. Es muss Aggression sein, was wiederum mit starken Stressfaktoren verbunden ist. Die Beziehungen dürfen nicht zu nah und nicht zu weit sein.

Von der Intelligenz und vom Wissen her, kann ich sehr wohl verstehen, was in diesen Momenten abläuft und dass diese emotionalen Episoden vorübergehend sind, jedoch bin ich in diesen Momenten oft blind. Jemand, der mich etwas näher kennt, hat dadurch auch die Möglichkeit, mich in diesen Momenten emotional zu missbrauchen.

Emotionen sind nie vorübergehend, sie gehören zum Leben. Es ist nur die Frage, ob jemand so lebt, dass er sich stets von seinen Gefühlen leiten lässt, oder ob der Verstand lenkt. Durch letzteres kann man weniger andere verletzen und sich missbrauchen lassen.

Meine Schwächen sind die Neigung zu selbstzerstörerischen Handlungen, wenig Geduld, Neigung zur Bequemlichkeit in einigen Bereichen, früher war ich sehr labil, eben Stress, mangelndes Verantwortungsbewusstsein, eben die Eifersucht, Reiz des Verbotenen, Gier.

Es geht noch weiter, aber die Schwächen zählen sich massenhaft auf, obwohl der „Rebell" auch sehr viele Stärken hat. Aber er kann nur schwer Prioritäten setzen, um dem Stress aus dem Weg zu gehen.

Leichte Beeinflussbarkeit, großes Misstrauen gegenüber Unbekanntem und Unbekannten, mangelndes Schuldbewusstsein, Impulsivität, konsequentes Durchhaltevermögen, Kränkbarkeit, Untreue in Partnerschaft, geringe Frustrationstoleranz, Ansprüche, Frauen, fehlerhafte Wertevorstellung, Mängel in der Erziehung, Dickköpfigkeit, übertriebene Selbstbezogenheit.

Frustrationen gehören zum Leben, aber wenn man sehr ungeduldig ist, nagen die natürlich und für einen Narzissten schier unerträglich. Misstrauen und impulsives Handeln beißen sich natürlich, es gibt eben viele Widersprüche in der Persönlichkeit.

Dies sind nur einige Schwächen und Fehler, die mir momentan einfallen und die mir bewusst sind, es gibt bestimmt noch ein paar Mängel und Defizite, die in meiner Persönlichkeit lauern.

Man sollte sich selbst aber nicht so schlecht reden, wie es häufig die Forensik mit ihren Patienten tut. Da wird fast nur an den Schwächen gearbeitet, die Stärken werden in die Ecke geschoben. In jedem Menschen steckt Gutes und Schlechtes, es gibt eben nicht nur Schwarz oder Weiß.

Jedoch möchte ich hier noch weiter gehen und darüber berichten, dass durch diese Probleme immer wieder ein Mechanismus in Gang gesetzt wird, der es mir sehr schwer macht, ihn zu erkennen und ihn dementsprechend zu unterdrücken oder abzustellen.

Warum unterdrücken? Viele loben den Mechanismus verdrängen und lächeln, aber man sollte Probleme auch bearbeiten und nach Lösungen suchen. Tiefe Verletzungen stoßen immer wieder ins Bewusstsein und nagen wie eine Ratte am Käfig.

Ich fühle mich dann beleidigt, nehme Dinge persönlich oder unterstelle Absicht und komme danach impulsiv richtig in Fahrt, indem ich laut werde, verletzlich und beleidigend gegenüber anderen bis hin zu körperlichen Attacken oder Selbstverletzungen.

Wie gesagt, das Häutchen ist dünn, es quillt heraus, was Schmerzen verursacht und manchmal werden die Schmerzen selbst verursacht, weil man denkt, der körperliche wäre geringer als der seelische, aber was, wenn beides nagt?

Dieses Verhalten hat mich in der Vergangenheit immer wieder aus der Bahn geworfen und war für mich noch schwerer zu kontrollieren, in Situationen, in denen ich berauscht war durch Aufputschmittel wie Extasy, Speed oder Kokain und – oder massiv alkoholisiert.

Die Drogen sind sicherlich der Knackpunkt in seinem Leben und seitdem die aus dem Körper sind, funktioniert auch wieder der Geist. Die Stressstabilität hat zugenommen, wenn auch nicht so, dass er eine starke Persönlichkeit ist.

Auch heute noch habe ich mit diesem Verhaltensmuster Probleme, obwohl ich mittlerweile immer öfter diesen Mechanismus erkenne und ihn durch Nachdenken und innerlichen Kampf mit mir selbst entlarve und nachträglich abstelle. Das kostet mich ungemein viel Kraft und ich bin anschließend immer körperlich sehr platt und müde.

An sich selbst zu arbeiten, kostet eben sehr viel Energie. Es ist oft schwerer als die normale Arbeit und deswegen Hochachtung gegenüber allen, die es geschafft haben, durch Therapie einen neuen Weg für sich zu finden.

Ich möchte behaupten, dass ich heute stressstabil bin, aber beispielsweise für den ersten Arbeitsmarkt nicht mehr verwendbar bin. Nach jeder Tätigkeit im Behindertenbereich brauche ich ein bis zwei Stunden für mich. Ich schalte am besten bei Musik ab. Es ist eine Auszeit.

Das geht aber vielen so, selbst bei Minijobs, jeder entspannt anders. Es ist aber auch Gewohnheitssache und für jemanden, der 15 Jahre in der Forensik war, natürlich, gelinde gesagt, eine Leistungsentwöhnung vorhanden.

Im ersten Arbeitsmarkt sind für mich viel höhere Anforderungen. Ich sehe viele Stressoren, aber wenig Verdienst.

Da bleibt die Mama mit ihrer Unterstützung im Vordergrund, trotz Führungsqualitäten und hohem menschlichem Potenzial. Auch der Narzissmus im Wirtschaftsleben hilft, um auf andere zuzugehen. Auch hat jeder nach der Rebellion eine Chance, wenn er diese Kraft anders verteilt.

Ich habe Versuche gestartet und heute noch Angst vor der Psychiatrie, wenn ich scheitere. Mit 40 Jahren versuchte ich noch einmal ein Praktikum, es scheiterte. Und wer gibt mir noch eine Stelle in leitender Position? Ich habe wenig Hoffnung und der Drogenhandel ist endgültig passe´.

Aber hat er es wirklich probiert? Ist da nicht auch eine große Portion Bequemlichkeit, weil er im Grunde versorgt ist? In der kriminellen Szene hatte er immer Erfolg, aber der Gedanke im bürgerlichen Leben Fuß zu fassen, sollte nie außer Acht gelassen werden für psychische Stabilität.

Beruflicher Werdegang

Nach Streit zu Hause fuhr ich am 8.7.1990 das Auto meines Vaters kaputt, im Alkohol und Drogenrausch, ohne Führerschein, er musste mich aus dem Polizeigewahrsam nehmen. Das erste Mal straffällig, ich wurde zwei Wochen im Krankenhaus aufgrund meiner Verletzungen behandelt, hatte starke Entzugserscheinungen.

Wie sagte einmal eine Bekannte zu mir, als ihr Sohn nach der Ausbildung den Führerschein verlor: „Welch ein beruflicher Anfang!" Immer sind Streitereien der Ausgangspunkt nichts zu Ende zu bringen, obwohl die Intelligenz und Fähigkeiten vorhanden sind.

Der Arbeitgeber schickte mir noch im Krankenhaus meine Kündigung. Der Schaden betrug ca. 30.000 DM, Anwalt und Gericht mussten bezahlt werden und im Ort gab es an diesem Tag keinen Strom, da ich einen Mast umgefahren hatte, an diesem Tag war das WM-Endspiel im Fußball im Fernsehen, bei dem die Deutschen zum letzten Mal Weltmeister wurden.

Da ist schon eine geballte Ladung Chaos zu sehen, die ein vernünftiger Mensch nicht macht. Wieder die Drogen, die neben dem Schaden sogar zum Verlust des Arbeitsplatzes führten. Von Reue ist zunächst wenig zu verspüren. Das heulende Elend kommt meist erst viel später.

Da viele Leute dieses Spiel nicht sehen konnten, machten sie mich und natürlich auch meinen Vater dafür verantwortlich. Das Verhältnis zwischen uns war nun endgültig gestört. Er setzte sich bei der Kfz-Werkstatt dafür ein, dass ich meine Ausbildung im letzten Jahr noch beenden könne.

Wie sagen viele Pfleger in der Forensik: „Wieviel Chancen braucht ihr?" Es sind nicht eine unermessliche Fülle, irgendwann reicht es, und dann ist Ende im Schacht. Gerade für diejenigen, die im Bergbaugebiet leben, sollte das verständlich sein.

Aber ich lehnte ab und suchte mir eine Ausbildungsstelle zum Anlagemechaniker in Fachrichtung Versorgungstechnik und fing auch kurz darauf an, diese Ausbildung zu machen. Eine anstrengende, schmutzige, gefährliche Arbeit auf der Dauerbaustelle einer Hütte, verbunden mit ungefähr vier Stunden Fahrt mit verschiedenen Bussen hin und zurück, Mammutschichten. Ich hatte auch keine Zeit mehr zum Fußballspielen gehabt.

Es ehrt ihn ja, gleich wieder etwas Neues zu suchen, aber da hatte er eine schlechtere Wahl getroffen. Er ist überfordert und kann seine Freizeit nicht mehr genießen. Stress pur, der schon den nächsten Rückfall vorprogrammiert.

Ich ging also kurz nach der Entlassung aus dem Krankenhaus wieder auf die Hütte und machte meine Ausbildung weiter, jedoch war ich unter dem medikamentösen Einfluss kaum noch belastbar, konnte mich kaum konzentrieren und musste während meiner täglichen 9-Stunden-Schicht öfters Pausen machen oder ein Nickerchen im Bauwagen.

Der Prophet gilt nichts im eigenen Land. Mit den Kräften haushalten, ist da die Devise und das tat der „Rebell" selten, denn er fuhr seine innere Maschine vielfach auf Hochtouren, bis sie zerbrach. Die Heilung erfolgte dann immer im Krankenbett.

Ich wurde auch dann auf eine andere Baustelle versetzt und hatte dann im Juni 1991 einen schweren Arbeitsunfall, als ich nach Arbeiten auf einer Leiter und mit einem Bohrhammer vier Meter tief abstürzte und mit dem Rücken auf einer Steintreppe aufschlug.

Da haben wir den Salat. Die Medikamente sind nicht geeignet für diese Arbeiten. Sie verlangsamen das Reaktionsvermögen und sind sowohl beim Führen von Kraftfahrzeugen, Maschinen und in der Höhe gefährlich. Wer nicht hören will, muss fühlen.

Wirbelbruch hieß die Diagnose im Krankenhaus, mir wurde frei gestellt, ob ich eine OP riskiere oder mich drei Monate ins Gipsbett lege. Ich entschied mich fürs Gipsbett und darin lag ich den ganzen Sommer.

Hartes Schicksal, aber was kommt danach? Menschen werden nicht beim ersten Mal einsichtig, sondern Veränderung ist eine Lernphase, genau wie der berufliche Werdegang. Lehrjahre sind keine Herrenjahre, aber man kann an ihnen wachsen.

In dieser Zeit setzte ich Schritt für Schritt die Medikation (Leponex) ab und begann wieder täglich zu kiffen und Bier zu trinken. Nach dieser Zeit begann ich eine Reha, um wieder laufen zu lernen, mein Vater fuhr mich jeden Morgen hin und holte mich ab. Jedoch gingen die verbalen Streitigkeiten weiter, seine Ansichten waren für mich sehr seltsam in dieser Zeit und wir beschimpften uns auch fast jeden Tag. Nach Anraten der Berufsgenossenschaft wollte ich meine Ausbildungsstelle kündigen, weil ich nach dem Wirbelbruch doch nicht mehr so belastbar schien.

Die Drogen hängen stark mit den Auseinandersetzungen mit dem Vater zusammen. Vernünftig ist, nach dem Unfall sich einen ruhigeren Job zu suchen. Es ist sowieso unverständlich, warum bei den gegebenen Fähigkeiten nicht ein kaufmännischer Beruf gewählt wurde.

Anfang 1992 wurde ich entlassen und zog wieder nach Hause, nachdem ich mir einige betreute Wohnungseinrichtungen angeschaut hatte. Ich bekam als weitere Medikation Depot-Spritzen mit Fluanxol und oral Nipolept (4 mal 100mg). Ich wurde entmündigt vom Vormundschaftsgericht, mein Vater übernahm die Rolle des Betreuers und Vormunds.

Rein und Raus, das alte Psychiatriespiel, ohne sich wirklich etwas Reelles aufbauen zu können. Mit 20 Jahren nicht mehr Herr seiner eigenen Angelegenheiten zu sein, ist schon hart. Aber eben wer nicht hören will, muss fühlen.

Ab März 1992 war ich arbeitslos, da ich aus gesundheitlichen Gründen keine Basis mehr sah, die Ausbildung weiter zu machen. Da ich eine Unfallversicherung hatte und ein Gutachten über meinen Arbeitsunfall mit prozentualer Einschränkung, wartete ich auf die Zahlung der Versicherung.

Wieder etwas Neues, aber mit der Aussicht auf Geld. Im finanziellen Bereich macht ihm keiner etwas vor. Er ist ausgebufft bis in den kleinen Zeh. Es sind die kleinen Töpfe wie bei der Großmutter, die reichlich gefüllt sind und bis zum Monatsende ausreichen müssen.

Ich ging wieder eine feste Beziehung zu einer Nachbarin ein, die sich gerade von ihrem Mann getrennt hatte. Ich bekam ca. 320 DM vom Arbeitsamt, die mir mein Vater einteilte. Jeden Tag 10 DM zum Leben.

Davon kann man keine Drogen kaufen und auch nicht einen Vollrausch finanzieren. Eigentlich ein guter Gedanke, aber nicht die Erziehung zur Selbstständigkeit. Das Vertrauensverhältnis war gebrochen und nicht nur zum Vater.

Meine Freundin machte eine Ausbildung und verdiente 700 DM im Monat, ihr Mann zahlte ihr keinen Pfennig. Die Miete der Wohnung samt Nebenkosten betrug ca. 500 DM im Monat. Das heißt, meine Freundin und ich hatten recht wenig Geld zum Leben.

In einer Ausbildung wird eben nicht so viel verdient, aber die Ansprüche sind höher, wenn man schon einmal in einer höheren Liga getanzt hat. Aber wenn man gemeinsam Liebe empfindet, reicht das auch für Glück, wenn man sich liebt.

Ich jobbte wieder nebenbei als Kellner und Discjockey und auch sie fing in einer Discothek an am Wochenende zu kellnern. Im August 1992 fing ich erneut eine Ausbildung zum Heizungs- und Lüftungsbauer an, entgegen des Rates der Berufsgenossenschaft und auch entgegen ärztlichen Weisungen physischer wie psychischer Art.

Er ist eben ein Kämpfer, der alle Krankheiten besiegen will, aber nicht mit der richtigen Strategie. Gut überlegen ist hilfreicher als sich zu überfordern, wenn man sozusagen ein Loch in der Tasche hat. Die Erkenntnis kommt mit den Jahren und muss aber immer auch wieder überprüft werden.

Meine Arbeit als Heizungs- und Lüftungsbauerlehrling machte ich weiter, wenn auch mit Problemen. Mein Leben war eigentlich schon zu diesem Zeitpunkt zerstört. Wenn ich abends müde von der Arbeit kam, gingen die Streitigkeiten mit meinem Vater los, ich hielt das nicht mehr aus.

Es entsteht keine Ruhe in seinem Leben, auf der er aufbauen kann. Probleme mit Drogen, auf der Arbeit und zu Hause, da muss man zerbrechen. Es scheinen auch keine Ziele am Himmel, für die es sich lohnt sich zu engagieren, da muss die Frauenwelt herhalten.

Ich floh von zu Hause, schlief bei Freunden und Bekannten, ging aber trotzdem jeden Morgen zur Arbeit. Es wurde Sommer, ich war schon zwei Monate nicht mehr zu Hause, lebte von den paar Kröten meiner Ausbildungsvergütung und hielt mich mit kleinen illegalen Geschäften über Wasser.

Das Elternhaus gab ihm nie den richtigen Halt, auf jeden Fall nicht emotional. Finanziell wurde er auch knapp gehalten, so dass nur die Flucht nach vorne wie im Tierreich als realer Ausweg günstig erschien.

Ich fing an Parties zu organisieren, wohnte bei meiner neuen Lebensgefährtin, fuhr 14 Tage nach Südfrankreich in Urlaub mit Freunden. Ich bekam so langsam wieder ein Lebensgefühl. Nach dem Urlaub trennte ich mich von meiner Freundin und schlief wieder bei Freunden oder im Freien unter der Brücke oder auf Wiesen.

Kein gerader Strich in seinem Leben, sondern sehr pubertäres Verhalten. Vielleicht Diagnose „kleiner Junge", der nach Hilfe schreit und unter den Schoß der Mutter will. Beziehungs- und Bindungsfähigkeit sind in Frage gestellt.

Ende Juli hatte ich und zwei weitere Freunde ein Objekt besetzt, das seit langer Zeit leer stand. Ein dreistöckiges Gebäude mit Gaststätte. Als wir dort einzogen, wusste keiner, wie lange wir dort bleiben würden. Es begann eine ewige Party, bei der ich es nur noch anfangs schaffte arbeiten zu gehen. Ich kündigte zum 1.10.1994.

Es war jetzt die dritte Ausbildung, die er anfing und nicht beendete. Das zeigt entweder von Versagungsangst oder geringem Durchhaltevermögen. Im Lebenslauf tut sich das auf jeden Fall nicht gut. Ewiger Hilfsarbeiter.

Nach einem mehrwöchigen Probewohnen in einem möblierten Zimmer mit Tisch, Stuhl, Schrank und Bett wurde ich offiziell am 7.4.2000 aus der Unterbringung entlassen. Ich hatte keine finanziellen Rücklagen und lebte anfangs auf Sparflamme.

Ein Neuanfang, aber er kämpft wie so oft in seinem Leben. Nur sind oft die Mittel und Methoden nicht sehr ausgewählt, um die wirklichen Ziele zu erreichen, wenn sie überhaupt einmal gesteckt wurden.

Ich ging auf Arbeitssuche, denn so wollte ich nicht weiterleben und wurde auch schon bald fündig. Ab 12.5.2000 fing ich bei einer Leihfirma mit 12,- DM Stundenlohn als Heizungsbauhelfer an. Ich hatte auch wieder eine Beziehung zu einer 20-jährigen Kneipenbedienung, ich arbeitete im ganzen Saarland, an Wochenenden legte ich als Discjockey CD's in einer größeren Kneipe auf.

Er findet schnell wieder Anschluss in Beruf und Partnerschaft, aber wie lange hält das Glück? Oft sind bei solchen Erkrankungen die positiven Zustände nicht von langer Dauer. Immer juckt es, den Kick zu erleben.

Ich spielte Fußball in einer Hobbymannschaft. Ab Juli verdiente ich dann 14,- DM pro Stunde und wurde an eine große Heizungsbaufirma ausgeliehen und durfte an einer größeren Baustelle auf der Universität mitarbeiten. Mitte Juli zog ich um in eine 3-Zimmer-Wohnung und richtete diese nach und nach ein.

Alles bestens, aber die Drogen waren wieder verführerisch und spielen jedem einen Streich. Jedoch er hält sich noch, aber wehe es kommt etwas Emotionales dazwischen und dann kann der „Rebell" auch zum Molotow-Cocktail werden.

Ich wechselte Anfang August dann die Firma. Der große Heizungsbaubetrieb, für den ich wochenlang arbeitete, machte mir ein Angebot, dass ich bei 16,50 DM die Stunde plus Auslagenerstattung und Zuschläge läge und umgehend dort fest arbeitete.

Hört sich gut an, aber das Angebot sollte man festhalten. Den privaten und beruflichen Erfolg zu halten, ist manchmal schwieriger, als ihn zu erobern. Auch gewiefte Manager und Politiker können davon ein Lied singen.

Sie waren durch meine guten Leistungen sehr beeindruckt und wollten mich fest in ihrer Firma beschäftigen. Sie gaben mir auch Aussichten, meinen Prüfungsabschluss in dem Beruf nachzuholen. Alles in allem lief meine Resozialisierung bis dahin sehr gut, bis auf den neuerlichen Konsum.

Chancen ohne Ende. Wie schon gesagt, einmal muss man zupacken. Aber wenn es dem Esel zu gut geht, wandert er auf dem Eis, wobei dies brechen kann oder er rutscht aus. Was folgt ist schon beschrieben, wird aber auch unter dem beruflichen Sektor beleuchtet.

Meine Betreuung wurde aufgehoben, ich richtete nach und nach die Wohnung ein mit neuen Möbeln, neuer Küche, neue Elektrogeräte, Aquarium und Angelausrüstung. Auch kleidete ich mich neu ein. Möglich machte mir das eine Kreditaufnahme bei meiner Bank.

Er hat es nicht gelernt zuerst zu arbeiten, anzusparen und dann etwas zu kaufen. Mit dieser Krankheit auf Pump zu leben, ist gefährlich. Es spielen immer Existenzängste eine Rolle, ob bewusst oder unbewusst. Das Schiff kann kentern.

Meine Lebensgefährtin verlor ihre Arbeit, da sie einige Male fehlte. Unser Kokainkonsum hatte wohl einen großen Anteil daran, dass sie beruflich einbrach. Finanziell geht das auf Dauer nicht gut, dachte ich. Unser Lebensstil und unsere Ansprüche, auch des Kindes waren für mich nicht mehr finanzierbar.

Da haben wir den Salat. Die Rechnung wurde ohne den Wirt gemacht. Kokain war zu dem Zeitpunkt noch eine Schicki-Micki-Droge, teuer und schwer zu haben. Wie so oft, mit den großen Hunden pinkeln wollen und das Bein nicht hoch bekommen.

Wir trennten uns Ende des Jahres, ich fing wieder an, finanziell auf die Beine zu kommen, indem ich viel arbeitete, illegale Geschäfte betrieb und mich darum kümmerte, dass Feste organisiert wurden (z.B. in großer Discothek mit 1200 Gästen).

Clever ist er ja, wenn es zu eng wird und er Verantwortung übernehmen soll, springt er ab. Ein richtiges Steh-Auf-Männchen, das immer wieder nach Verfehlungen die Spur findet, aber mit welchen sozialen, wirtschaftlichen und gesundheitlichen Kosten.

Anfang des Jahres 2001 regelte ich auf dem Arbeitsamt, dass ich bei meinem Arbeitgeber meine Ausbildung ab Mai endlich zu Ende bringen konnte, im Rahmen einer Umschulung, damit ich auch finanziell weiter auf eigenen Füßen stehen konnte.

Das war ein guter Plan und von allen Richtungen abgesichert, aber es fehlte der innere Kick. Oder noch besser gesagt, der Drogen-Kick war letztlich stärker als die bürgerliche Existenz. War der Vater ein zu schlechtes Vorbild?

Nach einigen Bettgeschichten fing ich wieder eine Beziehung mit einer 28-jährigen Friseuse an. Ich nahm nochmals einen Kredit auf, um Restschulden abzulösen und einen PKW zu bezahlen. Meine Freundin fuhr ihn zunächst, meinen Führerschein hatte ich auf dem Ordnungsamt neu beantragt. In der Woche vor Fasching holte ich mir zwei Wochen Urlaub, die noch aus dem alten Jahr zu Buche standen.

Diesen schon beschriebenen Fasching, der letztlich zum zweiten Schlag der Justiz führte, löste selbst heute noch aus, dass der „Rebell" Karneval nicht mehr feiert. Zwei Wochen Spaß für ein ganzes halbes Leben, kein guter Deal, wenn man heute wieder ohne Ausbildung, Führerschein und Reserven dasteht.

Sexualität

Sexualität gehört für mich wie schon geschildert auf jeden Fall zum Leben dazu. Wer anders denkt, ist entweder nicht koscher oder kann nicht mehr. Ich fand wenig Frauen attraktiv und griff deshalb zu Pornoheften und schmuggelte sie.

Die Thematik der Intimsphäre ist in der Sozialforschung genauso heikel wie die Frage nach dem Einkommen. Man redet nicht gerne darüber und hält sich hinter Floskeln bedeckt. Beides ist oft bei psychisch Kranken unterrepräsentiert.

Die Sexualität ist immer durch Neuroleptika eingedrückt, so hatte ich von 2002 bis 2009 keinen Sex. Sieben lange Jahre nicht, während ich in meiner ersten Unterbringung noch Beziehungen hatte mit sexuellen Kontakten in Besucherraum oder Toilette.

Ich kann mir ja nicht vorstellen, wie es in der Toilette bei dem Geruch Spaß macht, da muss der Durst schon groß sein, aber wenn das Testosteron steigt, gefällt es überall. In der Allgemeinpsychiatrie ist diese Methode Gang und Gebe und in gewissen Lokalitäten auch.

Live ist es eben am Schönsten für mich, jetzt habe ich ein ausgeglichenes Sexualleben. SM (SadoMaso) ist vorbei, aber ich habe weitreichende Erfolge und Erfahrungen, näher möchte ich aber darauf nicht eingehen.

Bei aller Offenheit stockt da der „Rebell". Es ist ihm peinlich zu seinen Vorlieben Stellung zu beziehen. Vermutlich hat es sich jetzt mit seiner neuen Partnerin normalisiert, was früher so viel Genugtuung brachte.

Ich will nicht mehr fremdgehen und wechseln. Ich bin glücklich. Alle 14 Tage am Wochenende genieße ich die Sexualität. Die Zeiten der Domina- und Bordellbesuche sind vorbei.

Bei vielen bleiben die sexuellen Vorlieben ewig bestehen, bei anderen wechseln sie. Manches bleibt auch Ersatzhandlung und wenn dann die richtige Partnerin kommt, ist es wieder gut. Es freut jeden, dass der „Rebell" nun in guter und erfüllender Beziehung lebt.

Meister des Scheiterns und des Aufbaus

Wieder lief dieser Film ab, Fixierung, Behandlung mit Ziatyl-Z und Clianimon über Infusionen, ich schrie, hatte Angst, wieder Hass und Wut auf meinen Vater, die Polizei und die Psychiatrie. Mein Zustand verschlechterte sich wieder, ich zeigte die selben Aggressionen, wie beim ersten Mal, man legte mir einen Halskatheter, ich konnte nicht mehr essen, Krämpfe und Schmerzen meines noch nicht ausgeheilten Wirbelbruches durch das viele Liegen, ich wollte wieder sterben, ich konnte das alles nicht verstehen, was da in diesem Jahr mit mir alles passiert ist.

Es ist das Schreckensbild der Psychiatrie, Hilflosigkeit, Angst, Selbstmordgedanken. Der Schrecken sitzt tief und jeder überlegt dann, wie er dem ein Ende bereiten kann, entweder sich befreien oder tot. Der „Rebell" entscheidet sich für das Leben.

Eine Gefahr meiner Suchtmittelerkrankung sehe ich in einigen Situationen, die im Leben auf einen zukommen können. Trauer, Enttäuschung, gescheiterte Liebe, Ruin, Einsamkeit, falsche Freunde, Unrecht, Sicherungsverwahrung auf Lebenszeit, schwere Erkrankung ohne Chance aufs Überleben, Übermut.

Viele Beschreibungen des Desasters eines Kranken. Aber es gibt aus jedem Loch einen Weg zurück oder nach vorne, denn sonst wäre ich ja nicht hineingekommen. Helfen kann da einem letztlich keiner, weder Vater noch Mutter, Therapeuten sind nur eine Stütze. Selbst ist der Mann.

Dies sind nur einige Beispiele der Gefahren, die auf einen zukommen können. Doch ich denke, viele der Situationen kann man im Vorfeld aus dem Weg gehen und auch in diesen Situationen wird sich der wahre Wille und die Stärke meiner Person zeigen.

Dem ist nur zuzustimmen. Wahrer Charakter zeigt sich in der Krise. Genauso wahre Freunde, denn viele wenden sich ab, wenn es einem schlecht geht. Man soll funktionieren. Aber ehrlich: Man umgibt sich auch lieber mit positiven Menschen als Kranken. Probleme hat man selbst genug.

Im Großen und Ganzen muss ich auch Tag für Tag mich daran erinnern, was Suchtmittel an mir angerichtet haben und wie viele meiner Lebensgefährten ihrer Sucht zum Opfer gefallen sind. Da ich mich selbst als „Meister des Scheiterns" bezeichnet habe, so will ich dieses auch hier mal näher erklären.

Nicht die Suchtmittel waren schuld, sondern der eigene Konsum und für andere gilt auch: Noch niemand ist angefixt worden. Es ist die eigene Lebensentscheidung. Der Weg kann zum Scheitern führen oder zum Erfolg, aber um den nächsten Gipfel zu erklimmen, muss ich zunächst wieder ins Tal.

In der rauschmittelbezogenen Scheinwelt, in der ich über mein halbes Leben verweilt habe, wäre ich schon lange nicht mehr am Leben, wenn ich nicht kurz vorm Exodus, immer wieder gescheitert wäre. Ich habe im Unterbewusstsein dies immer als Ausweg in einer hoffnungslosen Situation gesehen, denn das „Scheitern" war im Endeffekt immer lebensrettend für mich.

Er scheint im ersten Moment unlogisch, aber sein Scheitern und somit die Psychiatrie gab ihm noch einmal den Hauch des Lebens. Er fuhr mit 200 km/h über die Landstraße und wurde von der Polizei angehalten, bevor er sich totfuhr. So erscheint es plausibel.

In dieses wahnsinnige Spiel zwischen Leben und Tod möchte ich mich nicht mehr selbst hineinmanövrieren, denn auch hier verliert man irgendwann. Mit 34 Jahren habe ich so viele verrückte, aussichtslose Situationen in meinem Leben „gemeistert", dass ich für mich weiß, dass ein sehr großes Potenzial an Intelligenz, Erfahrung, Kraft und Überlebenswille in mir steckt, dass ich mittlerweile über die Stärke verfüge zu wissen, was ich will.

Das ist schon ein entscheidender Faktor. Was will ich? Es kann negativ beladen sein: keine Drogen mehr. Oder positiv: Ich möchte Marktleiter werden. Kraft und Intelligenz hat er, wobei diese gesteuert werden müssen, unabhängig von anderen.

Ein vernünftiges, zufriedenes Leben, so wie ich es als Kind beigebracht bekommen habe und so wie ich es auch mal später meinen Kindern weitergeben werde und ich möchte in Freiheit leben, ohne ständige Angst von suchtmittelabhängigen Gedankengängen.

Die Gedanken bleiben bestimmt ewig, denn Sucht bekämpft man pro Tag und der Druck bleibt, wenn er auch immer weniger wird. Es ist ein positiver Weg begangen im Aufbau eines besseren Lebens, wo Scheitern wieder möglich ist, aber mit viel geringerer Wahrscheinlichkeit.

Mein persönliches Erleben während der akuten Behandlungen der diagnostizierten Psychosen war immer sehr schmerzvoll. In der Regel zogen diese Isolation, Fixierung, Kathetrierung, also körperliche Unbeweglichkeit nach sich. Durch das viele Liegen in einer Lage habe ich immer sehr große Rückenschmerzen verspürt und geschrien.

Es waren nicht nur körperliche Wunden, sondern auch seelische, die zu verarbeiten waren. Man fühlt sich in der Psychiatrie vollkommen hoffnungslos und als Mensch zweiter Klasse, wie man schließlich auch behandelt wird.

Als die starken Psychopharmaka anfingen zu wirken, waren Müdigkeit und geistige, verwirrte Zustände zu beobachten. Es hat nach und nach meinen Geist, Körper und meine Psyche durcheinander gebracht und nachträglich mir enorm geschadet.

Da stellt sich die Frage, was zuerst da war. Die Krankheit oder die Wirkung der Medikamente mit den Folgeerscheinungen. Letztlich führte ihn die Behandlung aus dem Sumpf heraus, wenn er nicht wieder mit Drogen das Ergebnis über Jahre verschlechtert hätte.

111

Eine Serie von Schmerzen im Kopf und im Körper. Unbeschreibliche Schmerzen verbunden mit Hilflosigkeit und Angst. Auch wenn ich vorher schon wusste, was kommt (akute, medikamentöse Behandlung) lief bei mir immer ein Film ab, getrieben von Angst.

Angst ist der richtige Ausdruck, obwohl er die erst empfand, wenn die Türen hinter Gittern zugingen. Vorher bewegte er sich frei und lustig mit allen Genüssen. Drogen und Sex paaren sich oft und so ist eine Psychose auch nicht unabhängig vom Charakter zu sehen.

Die ist dann umgeschlagen in Aggression, Flucht, Wut, Zorn, Hass und hat mich im Vorfeld der Diagnose noch auffälliger gemacht und hat oftmals eine entscheidende Rolle gespielt für falsche Diagnosen und daraus entstehende fehlerhafte Behandlungen.

Die schlechte Behandlung in der Psychiatrie beruhte sicherlich auf seinem Gewaltpotenzial, daher auch die langen Fixierungen. Die Diagnose ist weniger wichtig, aber das Verhalten des Patienten und da kam er polternd herein und draußen wieder schnell auf Drogen.

Immer wieder hat man sich auf ältere Diagnosen in meiner psychiatrischen Krankheitsgeschichte gestützt und bei den kleinsten Unregelmäßigkeiten sich an diesen orientiert. Damit hat sich die Mühle immer von Neuem angefangen zu drehen.

Es ist eben die Dreh-Tür-Psychiatrie, die vielfach beschrieben wird. Mehr drin als draußen. Die Diagnose ist nicht das Entscheidende, sondern wie man sich fühlt. Wenn man mit sich im Reinen ist, begeht man keine Straftat und ist auch keine Gefährdung für die Allgemeinheit, um in der Psychiatrie oder im Gefängnis eingesperrt zu werden.

Ich streite ja nicht ab, dass ich in meinem Leben psychotische Episoden hatte, aber wie gesagt waren die in der Regel durch LSD, Amphetamine, Kokain, Haschisch oder sonstigen polyvalenten Intoxidationen hervorgerufen, also exogener Herkunft und hätten auch anders behandelt werden müssen.

Dass es eine drogenindizierte Psychose ist, darauf kommen wir noch weiter zu sprechen, aber es ist keine Entschuldigung und Fakt ist, dass das Verhalten gleich zu einer endogenen Psychose war und somit auch die Behandlung im Akutfall danach ausgerichtet werden musste.

Da ich denke, dass ich heute einen großen Schritt in Richtung Heilung erfahren durfte, waren eine gute psychologische Auseinandersetzung mit meiner Sucht und eine vernünftige Suchtgruppe, die mir geholfen haben, die Ursachen für meine Abhängigkeit zu erkennen und damit den Auslöser für meine psychotischen Lebensphasen die Grundlage weggenommen habe.

Der Auslöser war nicht ganz weg, denn unter Stress in der Suchtstation entstand auch eine schwere Episode, eben auch ohne Drogen. Die Labilität bleibt und man muss sich vor gewissen auslösenden Momenten weiter schützen, dazu eine leichte Dosis Neuroleptikum.

Seit zwei Jahren Suchtmittelfreiheit, seit sechs Monaten ohne medikamentöse, neuroleptische Stütze, seit fast vier Jahren ohne körperliche Gewalt unter besonderen Bedingungen lassen von einem überraschenden, positiven Entwicklungsablauf ausgehen und geben Anlass, den Gutachter erneut zu bestellen.

Niemand streitet die positive Entwicklung ab. Es besteht Einsicht und jetzt schon jahrelange Drogenfreiheit. Die Gutachter und Betreuer der Klinik werden das auch so sehen, aber bei seiner Vorgeschichte wird jeder vorsichtig sein, ohne weiteres die Freiheit zu geben, schließlich wurde der §63 zweimal ausgesprochen.

Ich wurde im Mai 2004 von der weiterführenden Station 4 im Rahmen der hausinternen Umstrukturierung auf die Station 3 verlegt. Dort wird eine suchtspezifische Behandlung angeboten und erfüllt die Kriterien einer Entziehungsanstalt, in der überwiegend Personen untergebracht sind, die nach §64 verurteilt wurden. Alkohol-, Medikamenten- und Drogenabhängigkeit, aber auch sog. Doppeldiagnosen werden hier schwerpunktmäßig behandelt.

Viele sahen die Verlegung als Rückschritt, aber das entscheidende Krankheitsbild stand bei der Verlegung im Vordergrund und so war der „Rebell" als Drogist eingestuft und nicht als vordergründig Psychotiker.

Ich kam hier auf diese Station in einem recht desolaten Zustand. Unter der medikamentösen Behandlung von Risperdal-Depot-Spritzen, Verhaltensauffälligkeiten, einem Körpergewicht von 145 kg und mehreren Rückfällen im Suchtbereich. Meine geistige, psychische und physische Belastbarkeit war im unteren Leistungsbereich angesiedelt.

Einsicht ist die erste Stufe zur Besserung. Es konnte so nicht weitergehen. Zugepumpt, dick und guter Beigebrauch waren nicht die Voraussetzung für eine fortschrittliche Therapie. Jemand musste ihm die Augen öffnen. Eigentlich war er wieder hilflos gescheitert.

Nach ca. einem halben Jahr kam das Behandlungsteam zu der Aussage, die auch in der Stellungnahme von 2004 und später im Gutachten vom Frühjahr 2005 auftaucht, dass „man mir in suchttherapeutischer Hinsicht nicht mehr helfen kann". Ich wurde also sozusagen als hoffnungsloser Fall bezeichnet.

Verständlich, aber entweder unterschätzte man seine Reserven oder wollte sie locken. Jetzt war er gefordert, sein Leben wieder in die Hand zu nehmen und um seine Freiheit zu kämpfen. Er tat es, weil er nicht die Schuld bei anderen sah, sondern bei sich.

Mit meiner Vorgeschichte und meinem damaligen Zustand keine ganz abwegige Einschätzung. Aber durch intensive Arbeit an mir selbst und mit Hilfe der Therapeuten in Suchtgruppen und Einzelgesprächen ist es mir nach und nach gelungen unter Einsicht und Erkennung meiner auslösenden Faktoren, die mich immer wieder in den Teufelskreis der Abhängigkeit haben zurückkehren lassen, eine entscheidende Veränderung meines Zustandes Schritt für Schritt erreicht zu haben.

Nach dem Scheitern wieder der schnelle Aufbau. Wenn Therapie greift oder hier die Aussichtslosigkeitserklärung, dann kann es schnell zu einem Umschwenken gelingen und das Licht am Ende des Tunnels sichtbar werden.

Die Medikation wurde Schritt für Schritt abgesetzt und seit fast einem halben Jahr bin ich ohne die einschränkenden neuroleptischen Medikamente. Seit dieser Absetzung der Arznei gelingt es mir wieder Schritt für Schritt meine geistige, psychische und physische Verfassung zu verbessern.

Ohne Medikamente bekommt man wieder alles mit, aber der Schutz fehlt, wenn das dünne Häutchen wieder platzt. Unter der Käseglocke ist das überprüfbar, aber in freier Wildbahn herrschen andere Regeln.

Es ist mir in diesem halben Jahr gelungen, mein Gewicht von 155 kg auf über 20 kg auf 135 kg zu reduzieren und ich bin mir sicher, dass dieser Gewichtsverlust aus medizinischer Sicht gut für mich ist und auch weiter nach unten geht, so dass ich mich körperlich wieder nach und nach fit machen kann.

Jeder weiß, dass die Medikamente dick machen, wenn man nicht auf die Ernährung achtet, aber schließlich bleiben 55 kg Übergewicht. Mit dem Gewicht ist es wie im Leben, ein ewiges Rauf und Runter und von daher nicht so relevant oder spricht gerade für seine Existenz.

Desweiteren gelingt es mir stetig, mich an vorgegebene Regeln zu halten, jedoch kommt es hin und wieder zu Diskussionen, wenn irgendwelche Regeln nicht klar definiert sind und sie mir und meinen Mitpatienten nicht mitgeteilt wurden.

Er hat immer noch Schwierigkeiten, aber er beugt sich. Lieber Frieden und Freiheit als Rebellion und Gitter. Eigentlich ist es schade, aber so funktioniert eben einmal die Forensik. Man soll umgänglich, sympathisch, nett sein und man muss aufpassen, dass nicht der Wille gebrochen ist.

Daraus resultiert auch meine weitere Verhaltensauffälligkeit, an der ich weiterhin arbeiten muss, ich möchte ja die verhaltenstherapeutische Gruppe besuchen und verspreche mir davon eine Hilfe in Situationen, in der meine Persönlichkeit und mein Temperament mit mir durchgehen.

Der Gaul muss an festen Zügeln gehalten werden. Immer wieder entstanden Situationen, wo hauptsächlich verbal Entgleisungen vorkamen, immer mit dem Hintergrund, dass er sich ungerecht behandelt fühlte.

Dass ich geistig klar bin, ist wohl durch meine Aufzeichnungen hier zu entnehmen und ich beabsichtige auch weiterhin an meiner Rehabilitation mitzuarbeiten, unabhängig von juristischen Entscheidungen.

Man glaubt nicht, dass er den Eifer verliert, denn es stehen Erfolge zu Buche. Nach dem Drogenkonsum clean zu werden, ist eine Leistung und Voraussetzung für ein neues Leben. Die Juristerei wird er für Jahre im Hintergrund haben.

Ich habe klare Ziele vorgegeben und werde auch später nach einer eventuellen Entlassung aus dem Maßregelvollzug diese Erfahrungen weitergeben in anonymen Selbsthilfegruppen und je nach Möglichkeit in Form eines Streetworkers, der vor Ort Hilfe anbietet.

Das sind gute Vorsätze und zeigt sein soziales Engagement. Als Streetworker kann man sich ihn gut vorstellen. Ihm macht keiner etwas vor und er kann helfen, die Straßenseite wieder zu wechseln. Er scheint stabil genug, nicht selbst wieder durch den Job rückfällig zu werden.

Desweiteren möchte ich mitteilen, dass es möglich ist, dass ich mich die nächste Zeit wieder einer Beziehung zu einer Frau begebe, was nach fast fünfjähriger Enthaltsamkeit in Form von Junggesellendasein wieder eine neue Herausforderung für mich darstellt und die ich von ganzem Herzen angehen möchte.

Das ist ihm ja später auch wie beschrieben geglückt. Er ist kein Mann fürs Alleinsein, kein Einzelkämpfer und kein Einzelgänger. Aber es sollte auch etwas Festes sein ohne Vielzahl von Verlobungen und zwei unehelichen Kindern, aber ohne Alimente.

Aber wie gesagt, ich schaue mir die Sache noch einige Zeit an, bevor ich mich hier rein stürze. In erster Linie werde ich mich weiter darum bemühen, dass sich mein guter Zustand noch verbessert und ich auch die Möglichkeit habe, mich richtig um die Frau und ihr Umfeld (Kinder) zu kümmern.

Er will eine Familie weniger gründen als auch eingehen. Er hat Empathie gelernt und dass sich eine Beziehung nicht mehr nur auf Sex aufbaut. Verantwortung übernehmen und zeigen, dass der Partner gebraucht wird.

Zusätzlich möchte ich hier anführen, dass ich mich auf die Nachbegutachtung freue und für neue Erkenntnisse offen bin. Ich habe hier bei meiner Aufarbeitung in vielen Punkten keinen übertriebenen Tiefgang betrieben, weil diese Aufarbeitung dann Dimensionen angenommen hätte, die zeitlich und auch von der Einschätzung her zu umfangreich geworden wäre.

Er hat mehr Hochgang betrieben und Punkte weggelassen, die ihn belasten könnten. Was aktenkundig ist, gibt der „Rebell" zu, alles andere fällt unter den Tisch. Nicht schlimm: Man braucht sich als Angeklagter vor Gericht nicht selbst zu belasten, aber man sollte zu sich ehrlich sein.

Ich werde jedoch diese Aufarbeitung in der näheren Zukunft noch genauer bearbeiten, um für mich diese Themengebiete in allererster Linie noch besser zu verstehen. Auch für weitere Behandler soll dies hier ein Umschlagewerk sein, das meine Behandlungsgeschichte von meiner Vergangenheit bis zur Gegenwart dokumentiert, auf weitere Nachfragen werde ich natürlich genauere Auskunft erteilen.

Er scheint offen und ist auch stolz auf seine Entwicklung. Aber fünf Jahre später ist die Persönlichkeit und der Charakter der gleiche geblieben, gerade im Verhältnis zu seiner Mutter und dem Geld.

Vielen Dank für das Interesse und die Aufmerksamkeit, unter denen diese Aufarbeitung hoffentlich gelesen wird. Ich bitte hierbei um eine vertrauensvolle, datenschutzrechtliche Behandlung dieser Aufzeichnungen, weil sie sehr persönlich, intim und ehrlich dokumentiert sind.

Aus diesem Grund sind auch in der gesamten Schrift keine Namen genannt. Der „Rebell" bleibt anonym, genau wie die Handlungen in Umgebung und Geburtsorten. Wer ihn kennt, wird ihn erkennen, aber das Erlebte hat den Dunst des Geheimen.

P.S.: Ich möchte endlich meine Träume leben und nicht nur mein Leben träumen!

Ich weiß, dass alle Angriffe auf mich negativ wirken können, aber ich bin auch gewappnet durch meine Fehler, dass es zu keinen Wiederholungen kommt. Ich bin mittlerweile mit vorausschauendem Denken ausgestattet.

Das Scheitern ist immer möglich, aber es werden die Phasen der Regeneration kürzer, wenn einmal eine so lange Periode der Gesundung vollbracht ist. Der „Rebell" kann kämpfen und hat den Strohhalm ergriffen, noch zur rechten Zeit.

Ich war Meister des Scheiterns in Familie, Beziehung und Gefangenschaft. Die sozialen Kosten sind hoch, auch finanziell ging es bergab, aber den Neuaufbau schaffte ich mit Kraft. Aber jetzt genügt es. Ich muss den Erfolg halten.

Das ist immer das schwierige Unterfangen. Oben auf dem Treppchen zu bleiben. In der Jugend als Fußballer gelang es ihm. Es spricht eine unbändige Energie aus ihm, diesem massigen Körper und Geist.

Diagnose: Drogenindizierte Psychose

Ich erlebte viele Aufenthalte in der Psychiatrie mit der Diagnose Psychose, so 1991 nach Haschischvergiftung und fast drei Monaten stationärer Behandlung. Fixierung, starke Psychopharmaka durch Herzkatheter und Behandlung durch Polytoxikomanie.

Die Mittel, die er sich hineinpfiff, sind schon beschrieben und auch die elendige Zeit in Behandlung. Er war ein hoffnungsloser Fall, der aber das rettende Ufer erschwomm und nun nach der dritten Verlobung die Zeichen der Zeit erkannt hat.

Ich erlitt Depot-Spritzen, Tagesklinik und sonst die Hilfsmittel, die angeboten werden. Die Nachbetreuung verhinderte auch nicht, dass ich 1993 wieder eine manische Psychose bekam mit Fixierung und epileptischen Anfällen.

Die Diagnose wurde immer schlimmer. Der „Rebell" ist nicht verrückt, sondern schwer zu zügeln und wenn man ihn laufen lässt, kann alles zu spät sein. So zeichnet sich das Diagnosehandbuch weiter.

Jetzt habe ich eine schizoaffektive Psychose und ein Jahr später nach Rechtskraft der Unterbringung mit durchgehender medikamentöser Behandlung eine dissoziale Persönlichkeitsstörung mit Behandlung einer manischen, schizophrenen und schizoaffektiven Psychose.

Alles dabei, was man sich nur wünschen kann. Der Turnus der Tretmühle begann, aber er wurde nach fünf Jahren unvorbereitet entlassen. Die Ursache war nicht hingehend behandelt worden, ganz anders als beim zweiten Aufenthalt.

Ich habe bei meinem ersten Aufenthalt schnell Lockerungen bekommen und Heimfahrten plus Selbsthilfegruppen besucht, so das Gutachten reduziert auf dissoziale, narzisstische Persönlichkeitsstörung. Meine Cannabisabhängigkeit wurde bestätigt und Tätowierungen teilweise auf Händen und Gesicht entfernt.

Alles in Vorbereitung zur Realität, aber Obacht vor dem Stoff und das ging ja wieder schief. Es ist schwer, aus gewohnten Bahnen herauszufinden. Es war immer noch ein Groll auf die behandelnden Ärzte und gerade die Chefärzte. Es grenzte an Selbstjustiz.

Im Jahr 2001 war dann eben der Bewährungswiderruf, wieder mit schizoaffektiver Psychose, Isolation, Fixierung, Medikation. Mein erstes Gutachten war gleichgerichtet, das zweite zweifelte dann die Diagnose an und sprach wieder von Drogenabhängigkeit und Persönlichkeitsstörung.

Man kann es sich aussuchen, aber Fakt bleibt, dass eine Störung vorlag und dies mit den Drogen sehr wohl in Verbindung zu bringen war. Sind die weg, funktioniert alles, ist Konsum, ist die nächste Schlägerei nicht weit.

Weiter musste ich Depot-Spritzen nehmen und wurde medikamentös behandelt, aber die Suchtgruppe und Einzelgespräche halfen mir auf die Beine. Weiter gaben mir die begleitenden Heimfahrten sehr viel.

Wie schon beschrieben begann mit dem Jahr 2004 ein neuer Lebensweg, der clean und wohlwollend die Sackgasse beendete und neue Formen der Vitalität auf den Weg brachte. Viele halfen ihm und er nahm es dankend an.

Wieder ein Gutachten mit letzter Aussage, wobei sich die Persönlichkeitsschwächen langsam auflösten. Ich musste weiter Medikamente nehmen und wog 155 kg mit Zunahme seit Unterbringung um 53 kg. Als gefährlich wurde ich weiter eingeschätzt.

Es ist ein langes Spiel, um die Ärzte und letztlich die Umwelt wieder davon zu überzeugen, dass man fähig ist, gewaltfrei zu leben. Manche behaupten, der Weg ist das Ziel, es ist eben einfacher fortzuschreiten als über Zielprioritäten nachzudenken, obwohl er dies immer wieder mit seinem Intellekt tat.

Die Psychopharmaka wurden abgesetzt, so dass ich 20 kg abnahm. Dann hatte ich einen Achillessehnenabriss. Ich weiß, dass ich eine Menge Verletzungen und Behandlungen hatte und ich mich heute so gut fühle wie vor 20 Jahren nicht mehr.

Es geht nie nur abwärts, sondern man kann auch wieder einen Gipfel erklimmen. Ihm gelingt es und seit fast acht Jahren kann er den Erfolg halten, wenn auch nicht jeder Tag gleich war. Hut ab vor diesen Fortschritten.

Ob alle psychiatrischen Diagnosen in der Form wirklich so waren, da habe ich meine Zweifel. Knapp zwei Jahre Drogenabstinenz und fast vier Jahre Gewaltfreiheit sind doch unwiderlegbare Fakten, die eine Besserung dokumentieren.

Dem ist mitnichten zu widersprechen. Er ist sozial und psychisch voll integriert, auch wenn noch Ängste mitspielen, die ihn aber schützen vor weiteren Ausfällen. So besucht er keine Gaststätten mehr, wo es einmal funkte.

Die körperlichen Beschwerden und Diagnosen sind zweifelsfrei immer korrekt gewesen und wurden auch bestmöglich versorgt. Was jedoch sehr zweifelhaft erscheint, ist der gutachterliche Diagnosensalat seit 1991 und deren zeitweise unmenschlichen Behandlungsmethoden, die mich fast das Leben gekostet hätten und für die ich auch bis heute wenig Verständnis zeige.

Man kann von einer drogenindizierten Psychose ausgehen. Krank war er auf jeden Fall, aber eben exogen. Sind die Suchtmittel weg, vergeht auch die Störung. Was bleibt, sind Charaktereigenschaften, die ihn sehr ichbezogen leben lassen.

Durch teure und aufwendige Behandlungsmethoden und heute nachgewiesener Fehldiagnose haben Krankenhäuser, niedergelassene Psychiater und auch die Pharmaindustrie eine Menge Geld an mir verdient und die Krankenkassen enorm finanziell geschädigt.

Da denkt er sehr sozial, aber welches Geld gab er für Drogen aus, damit diese Hilfe erst überhaupt notwendig wurde. Auch er hat als Drogendealer seine Marge gemacht. Wer keine Psychopharmaka benötigt, bekommt sie auch nicht, dafür sind sie zu teuer und schädlich.

Ausgehend von einer Psychose, die durch LSD und andere Rauschmittelsubstanzen hervorgerufen worden war, hat sich die fehlerhafte Einschätzung und Behandlung bis heute auf mindestens 1,5 Millionen Euro Kosten für die Allgemeinheit und enormer zeitlicher und gesundheitlicher Kosten meiner Person angesammelt.

Da sieht man einen demokratischen Wandel der Gesellschaft. In der Nazi-Zeit, als auch der Paragraph entstand, wurden Schizophrene auf Nimmer Wiedersehen deportiert. Heute werden sie leider noch unter selber Gesetzeslage der Gefährlichkeit und Abartigkeit versucht zu resozialisieren, bei manchen eben mit Erfolg.

Ich streite nicht ab, dass ich zu dem Zeitpunkt der Einweisung auf die geschlossene psychiatrische Abteilung psychotisch war, aber ich habe solche psychotische Rauschsituationen unter Einfluss von LSD schon vorher und auch naher zu Hauf gehabt. Je nach Stärke der Einheiten des LSDs auf Papers oder in Micros (Trips) geht die Reise ins Ungewisse los, jedoch hält die Wirkung noch 8 bis 36 Stunden in der Regel an und man kehrt dann in die Normalität zurück.

Oder eben nicht und dann landet man in der Klapse. Erfahrene Therapeuten sagen dann, dass der Patient labil ist, daher auch die Diagnose der destabilen Persönlichkeit. Ohne Trip bleibt die Realität, die es auch auszuhalten gilt.

Es gibt selbstverständlich auch Fälle, die sozusagen „hängenbleiben" und den Weg zurück nicht mehr finden. Ich hatte auch damals den Fehler gemacht, die Einnahme des LSDs verschwiegen zu haben, aus Angst vor strafrechtlichen Konsequenzen.

Ehrlich sollte man schon zu den Ärzten sein, denn nur dann kann eine korrekte Diagnose gestellt werden. Er hätte sich den Diagnosensalat ersparen können und auch die Vielfalt der Medikamente. Die Wahrheit ist die beste Lüge.

Jedoch habe ich den Wahnsinn und die Qualen der Behandlungen bei vollem Bewusstsein erlebt und ausgehalten. Von Fixierungsspielchen, Kathetrierung, Infusionen ins Gewebe laufen lassen, eine nicht ausgeheilte Wirbelfraktur unter Gewaltanwendung wochenlang im Fixierungszustand mit großen Schmerzen auszuhalten; Krämpfe, so dass ich nicht mehr in der Lage war, mir den Arsch abzuwischen; Polizeibeamte, die mich während der Fixierung mehrfach ins Gesicht geboxt haben, Unterstellungen, Lügen, Verachtung, menschliche Abgründe. Ich habe genug davon erfahren.

Es spricht immer noch eine große Wut aus ihm. Er kann nicht vergessen und verzeihen. Zu tief sitzt die Trauer, nicht menschlich behandelt worden zu sein. Zu tief die Narben, die seelisch und körperlich zurückblieben, zumal wenn man sich als typischer Borderliner selbst verletzt und chamäleonhaft mit Menschen umgeht. Es fehlt oft das eigene Ich, um Auseinandersetzungen einzugehen und seinen eigenen Standpunkt unabhängig von anderen auszudrücken.

Ich habe eine exogene Psychose nach Einschätzung der Gelehrten, sprich Gutachter, aber es ist zu bedenken, dass bei zehn Gutachten acht Meinungen herauskamen. Da sind schon einige Traumtänzer drunter, über die man sich nicht freuen kann.

Das kann man bestätigen, denn entweder sie schreiben ab oder versuchen in zwei Stunden vollkommen neue Theorien aufzustellen, die vielfach nicht Hand noch Fuß haben. Die Welt der Psychiatrie ist immer noch schemenhaft mit vielfach unerforschten Flecken.

Gewalt mit 30 Jahren beendet

Ich mochte einfach keine Gewalt mehr ausüben. Ich war immer ein Mann der Tat, aber irgendwann war es zu viel. Es ist nicht ausgeschlossen, dass wenn jemand aus der Familie oder meine Verlobte angegriffen wird, ich noch einmal zuschlage, aber dann ist es Notwehr.

Ohne Drogen braucht er auch die Gewalt nicht mehr. Damit sind die Körperverletzungen ad acta. Er hat viel erreicht und kann es halten. Die zahlreichen Körperverletzungen stilisieren nicht seine Persönlichkeit, er ist durch andere Faktoren gezeichnet.

In der Kindheit bei Fußballspiel und Schule war ich Bud Spencer und im Kindergarten auffällig. Es zeichnete sich ab, so wurde ich das erste Mal auffällig, als ich einen Klassenkameraden über den Asphalt gezogen habe. Egal: Es waren immer Größere.

Es zeigt seinen Mut, wie er mit Gewalt umgeht. Es zeugt auch von Gerechtigkeit, wenn er das Recht in die Hand nahm und sich wehrte, aber oftmals waren Zweck und Mittel nicht in Einklang. Die richtige Dosierung ist wichtig.

In der Forensik stahl mir ein Amerikaner mit zwei Meter Größe meinen Geldbeutel. Dann fasste er sie und ein Pfleger, der dazwischenging. Ich war blind vor Wut und machte vor nichts halt. Mein Eigentum schütze ich immer.

Das zeichnet ihn immer aus, denn er machte vor nichts halt. Er ging nie rückwärts, aber jetzt sind zehn Jahre vorbei, wo keine Gewalt eine Rolle spielte. Die letzte an einem Mitpatienten, der aber nach Schläge schrie und dessen Auge violett anlief.

Als Schüler hat mir ein Kamerad einmal meinen Platz im Bus weggenommen. Da habe ich seine Brille zerknüllt und aus dem Fenster geworfen. Ein Anruf bei den Eltern gab Streit. Er suchte sie an der nächsten Haltestelle und ich hatte meinen Platz.

Manchmal ist auch etwas Amüsantes in den Geschichten. Wie überhaupt ja die Gewalt im Menschen liegt, nur eigentlich nicht im zivilisierten, aber wer lässt sich schon gerne das Pausenbrot stehlen?

Nun, mit 40 Jahren, ist Schluss mit lustig und die Gewaltfreiheit hat Einzug und Bestand eingenommen. Alle freuen sich, wenn auch die Drogenfreiheit beibehalten wird, kann man fast eine Garantie geben, dass der „Rebell" von gestern eben alt und reif geworden ist.

Ziele oder reiner Konsum

Ich bin geistig klar, aber was will ich wirklich? Geld ist wichtig, aber eher bleibe ich klein und bescheiden. Ruhig schlafen kann ich mit Liebe, einer Partnerin, mit der ich weggehen kann, Pferde stehlen und die auch in mich verliebt ist.

Im Moment zieht sich alles auf das Private. Er findet dort die Erfüllung, die er sonst nicht finden kann, denn dem Stress im Beruflichen will er sich nicht mehr aussetzen. Hoffentlich kann er es halten, denn oftmals im Leben scheiterte ja auch die private Sphäre an zu geringer Empathie.

Prestigedenken war früher bei mir ausgeprägter, aber heute nicht mehr. Die Zeiten des Konsums und wahllosen Geldausgebens sind vorbei. Ich haushalte und kann mich einteilen, wenn auch Dinge, die mir wichtig sind, gekauft werden.

Seit 2006 habe ich meine Ziele herausgezögert. Arbeit und Wohnheim habe ich verzögert und geschmissen, wie so häufig in meinem Leben. Ich hatte einen Disput mit der Ärztin und Sexgeschichten durch Bordellbesuche.

Bei aller Liebe, er lässt sich nicht unterkriegen. Was er braucht, nimmt er sich doch und sieht auch sein Vergnügen. Aber in der Partnerschaft will er treu bleiben und eine feste Beziehung eingehen. Seine eigenen Ziele im Privaten finden immer Anklang.

Positiv ist für mich die Ex-Freundin mit Fotos, wo ich angeblich einen unehelichen Sohn habe. Nicht wirklich könnte es sogar der zweite sein. Aber egal: alles ohne Alimente. Ich habe eben keine Verantwortung übernommen.

Das ist noch ein Makel in ihm. Auch die Sexualität ist Konsum für ihn. Er will seinen Spaß haben und lebt locker. Ziele sind weniger gesteckt, Stress geht er aus dem Weg, die Wolllust steht im Vordergrund.

Ich habe keinen Trieb auf eigene Kinder, meine Verlobte ist zum Glück ohne Eierstöcke, was mir recht ist. Was möglich ist, eine Partnerschaft mit Kindern, aber meine Erfahrung zeigt, dass die Zweisamkeit besser für mich ist.

Normalerweise werden die fremden Kinder ja abgelehnt, aber dass jemand fremde akzeptiert und eigene nicht, ist außergewöhnlich. Nun ja, es spielt ein Narzissmus darin, der auch eben dissozial genannt werden kann.

Ich brauche Zeit für mich, Ruhe als erstes, viel Freiraum und Musik als Entspannung. Ich gehöre zu den Menschen, die das brauchen. Da bin ich Egomane genug, was sich auch in der Partnerschaft zeigt, wenn ich einmal für mich sein will.

Er weiß schon, was ihm gut tut und er nimmt sich auch im Leben, was er braucht. Es ist Konsum in seinen Möglichkeiten, ohne sich groß anzustrengen. Er kann sich abgrenzen und binden, aber doch bei allen Kompromissen nach seiner Richtlinie.

Musik, Mama, Essen

Immer kann ich entspannen durch Musik. Immer wieder rufe ich regelmäßig meine Mutter an, um auch Nähe zu ihr zu haben. Immer wieder habe ich Hunger und leiste mir den Genuss eines schönen Essens, man könnte fast von Drang sprechen.

Es sind drei Elemente, die auch seinem Therapeuten aufgefallen sind. Es ist seine Richtschnur, die ihm gut tut, wie vielen Menschen, aber er übertreibt es mit dem Essen bei 150 kg, er unterhält manchmal das ganze Haus mit seiner Musik und tanzt in seiner Wohnung und die starke Mutterbindung auch als finanzielle Wärmespritze wurde ja schon mehrfach angedeutet.

Meine Drogensucht habe ich verlagert durch Spielen: Skat, Kasino, Sportwetten. Es ist ein Konsum, der nicht zielorientiert ist, sondern eben wenn am Ende des Monats etwas übrigbleibt, wird gezockt, bis die Putzfrau kommt.

Dieses Verhalten ist nicht unüblich bei Drogisten, aber man muss auch bedenken, dass eine Vielzahl der Menschen die wie Pilze aus dem Boden herausschießenden Kasinos oder Spielhöllen besuchen. Wenn man keine Chance mehr hat, durch Arbeit ein gutes Einkommen zu erreichen, sucht man den Strohhalm, aber da verdient nur einer: der Besitzer der Einrichtung!

Am Anfang des Monats habe ich aber ein Bunkerverhalten. Ich kaufe mir Kosmetik, Essen, damit die Regale und der Kühlschrank gefüllt sind, und wenn dann noch etwas übrigbleibt, fröne ich meinen Lastern.

Das ist eben vernünftig und man kann einem Menschen nicht alles nehmen. Jede Gesellschaft hat ihre Drogen und jeder Mensch seine Schwächen. Wenn auch seine Triade Musik, Mama, Essen in der Reihenfolge für einen Mann etwas ungewöhnlich ist, so kann man dem aber zustimmen, wenn er seit Jahren gut damit zurechtkommt, denn strafbar ist es keinesfalls und das ist die Hauptsache.

Nachwort

Der Vater ist im Juni diesen Jahres wie erwähnt nach kurzer schwerer Erkrankung verstorben. Und wenn man doch meinen könnte, dass die Mutter die wichtigere Bezugsperson für den „Rebell" wäre, so spielt doch der Vater in vielen Entwicklungsschritten eine entscheidende Rolle.

Er hätte alles für seinen Sohn von frühesten Fußballerjahren getan, aber er sollte mitansehen, wie er ihm entglitt, ihn anzeigen musste, ihn sah, wie er ans Bett fixiert war, wie er Stromschläge bekam. Alles diente dem Nutzen des Sprösslings, aber der verweigerte sich lange.

Bindungen und soziale Netze sind wichtig. Es ist die Sozialenergie, die eigentlich nie fehlte und heute sagt er eben, mir kommen nur noch solide Kameraden ins Haus. Er hat einen großen Fortschritt gemacht und kann auch ohne Bedenken nach abgeschlossenem Entlassungsgutachten die Freiheit unter fünfjähriger Führungsaufsicht genießen.

Es zeigte sich auch immer neben fehlendem Durchhaltevermögen wieder Ungeduld und Unruhe bei doch oberflächlicher Cleverness, aber diese Elemente sind in diesem Buch zur Genüge beschrieben. Hart kann er sein und auch sich abgrenzen.

Er führt heute eine bürgerliche Existenz, die der Autor in jedem Abschnitt der Biografie in ihrem Ablauf, wie schon im Vorwort erwähnt, kommentiert, um dem Leser einen zweiten Blick zu verschaffen und auch die Aussagen des „Rebell" teilweise zu hinterfragen und durchleuchten.

Alles beruht auf Wahrheit und die ist ein Beitrag des Autor für den 40ten Geburtstag des „Rebell", wo eine Woche verteilt mit Freunden gefeiert wird und die Geselligkeit und Lebensfreude im Vordergrund stehen.

Bernd Hensel, den 13. August 2012